Patrick Modiano

Vestiaire
de l'enfance

Gallimard

Patrick Modiano est né en 1945 à Boulogne-Billancourt. Il a publié son premier roman, *La place de l'étoile*, en 1968. Il a reçu le prix Goncourt en 1978 pour *Rue des boutiques obscures.*

Auteur d'une douzaine de romans et de recueils de nouvelles, il a aussi écrit des entretiens avec Emmanuel Berl et, en collaboration avec Louis Malle, le scénario de *Lacombe Lucien.*

Pour Albert Sebag
Pour Danielle

La vie que je mène depuis quelque temps m'a plongé dans un état d'esprit bien particulier. J'ose à peine évoquer ma vie professionnelle, qui se résume maintenant à peu de chose : l'écriture d'un interminable feuilleton radiophonique, *Les aventures de Louis XVII*. Comme les programmes ne changent guère à Radio-Mundial, je m'imagine au cours des prochaines années, ajoutant encore de nouveaux épisodes aux *Aventures de Louis XVII*. Voilà pour l'avenir. Mais ce soir-là, à mon retour du café Rosal, j'ai allumé la radio. C'était l'heure, justement, où Carlos Sirvent entamait au micro l'une des multiples aventures de Louis XVII, telles que je les avais imaginées après son évasion du Temple. La tombée du soir, le silence, la voix de Sirvent qui lisait mon feuilleton en langue espagnole pour d'hypothétiques auditeurs égarés du côté de Tétouan, de Gibraltar ou d'Algésiras — un autre speaker aurait pu aussi bien le lire en français, en anglais ou en italien puisque des émissions en toutes ces langues existent à Radio-Mundial —, la voix de plus en plus feutrée de Sirvent qu'étouffaient des parasites, oui tout cela ce soir-là m'a entraîné — chose dont je n'ai pas l'habitude — à la réflexion.

Je continuerai d'écrire *Les aventures de Louis XVII*, tant qu'ils en voudront, à Radio-Mundial. Elles me rapportent un peu d'argent et j'ai ainsi le sentiment de n'être pas tout à fait un oisif. D'un point de vue littéraire, cela ne vaut rien et je reconnaîtrais volontiers que la traduction espagnole de mon texte français rend le style encore plus morne, si ma préoccupation présente était le style : le secrétaire de Sirvent, chargé de traduire au fur et à mesure ce *Louis XVII*, ne m'a-t-il pas avoué qu'il coupe des phrases et change les mots, non par goût de la perfection mais pour en finir au plus vite ? Je sais que la chaleur est quelquefois accablante dans les bureaux de Radio-Mundial, surtout quand on tape à la machine, et je lui pardonne de ne pas respecter ma prose. J'ai écrit jadis des livres dont le tissu était moins lâche et d'une meilleure qualité. Mais, ce soir-là, en écoutant Carlos Sirvent raconter en espagnol *Les aventures de Louis XVII,* je ne pouvais m'empêcher de penser combien ce thème que j'ai galvaudé dans un feuilleton me touche plus qu'un autre.

C'est le thème de la survie des personnes disparues, l'espoir de retrouver un jour ceux qu'on a perdus dans le passé. L'irréparable n'a pas eu lieu, tout va recommencer comme avant. « Louis XVII n'est pas mort. Il est planteur à la Jamaïque et

12

nous allons vous raconter son histoire. » Cette phrase, Sirvent la prononce chaque soir, au début du feuilleton, et l'on entend le ressac de la mer en bruit de fond, et quelques soupirs d'harmonica. Il est affalé devant son micro, le col de sa chemise bleue grand ouvert, et il profite des intermèdes pour boire, au goulot, cette eau minérale dont il ne se sépare jamais, aussi lourde et aussi indigeste que du mercure.

On la sert dans de minuscules carafons, au Rosal. Une eau des sources de l'arrière-pays. Tout à l'heure, au début de l'après-midi, j'étais assis sur l'une des banquettes de moleskine du Rosal — moleskine rouge qui contraste avec le bois sombre du bar, des petites tables, et des murs. D'habitude, à cette heure-là il n'y a aucun client. Ils font la sieste. Et les touristes ne fréquentent pas le Rosal. Quand je l'ai aperçue, assise près de la grille en fer ouvragé qui sépare le café de la salle de billard, je n'ai pas tout de suite distingué les traits de son visage. Dehors, la lumière du soleil est si forte qu'en pénétrant au Rosal, vous plongez dans le noir.

La tache claire de son sac de paille. Et ses bras nus. Son visage est sorti de l'ombre. Elle ne devait pas avoir plus de vingt ans. Elle ne me prêtait aucune attention. Elle fouillait dans le sac posé à côté d'elle sur la banquette, et de temps en temps, les bracelets de ses poignets cliquetaient dans le silence. Le barman s'est dirigé vers elle, tenant des deux mains le plateau de cuivre avec une carafe d'eau et un verre.

Elle a rempli le verre presque jusqu'à ras bord. Je ne sais pas pourquoi, j'ai voulu la mettre en garde contre le goût très particulier de cette eau minérale et la sensation désagréable que l'on éprouve quand on l'avale pour la première fois comme l'enfant qui aspire sa première bouffée de cigarette. Mais elle n'aurait peut-être pas aimé qu'un inconnu se mêle de ce qui ne le regardait pas et lui donne la leçon. Elle a porté le verre à ses lèvres et l'a bu, d'un seul trait, avec le plus grand naturel et elle n'a pas eu le moindre froncement de sourcils.

Il me semblait avoir déjà vu son visage. Mais où ? Je m'apprêtais à lui adresser la parole quand une sorte de pudeur m'a retenu : j'avais presque l'âge d'être son père. Jusqu'à cet après-midi-là, ce genre de pensée ne m'était jamais venue à l'esprit mais il fallait bien admettre que depuis quelques années, les enfants avaient grandi...

Elle a éparpillé sur la table des pièces de monnaie et, d'une démarche souple, sans avoir remarqué ma présence, elle est sortie dans un cliquetis de bracelets, me laissant seul au fond de la salle déserte. Peut-être l'avais-je déjà rencontrée dans le tramway qui gravit la pente du Vellado ou qui longe la Corniche ? A la plage ? Dans le hall de Radio-Mundial ? Ou bien avais-je repéré ce visage parmi les touristes qui se promènent dans les petites rues, autour du Fort ?

J'ai pris le tramway car je ne me sentais pas le courage de monter à pied jusque chez moi, sous le soleil de plomb.

A l'arrêt du Vellado, le chauffeur m'attendait, assis sur un banc, bien que nous fussions au début de l'après-midi. Je lui ai fait un signe du bras auquel il a répondu, et le long de l'avenue Villade-val, jusqu'à l'immeuble où j'habite, il m'a suivi, à une dizaine de mètres de distance.

J'ai beau ralentir mon allure pour que nous marchions côte à côte, il reste en arrière par fidélité aux consignes qu'il a reçues. Il était le chauffeur d'une Américaine que j'avais connue dès mon arrivée dans cette ville et qui avait de l'affection pour moi. Au terme d'une vie sentimentale mouve-mentée, elle s'était retirée dans une villa, du côté de la Corniche. Elle est morte depuis, mais elle a exigé, sur son testament, que son chauffeur, en échange d'une pension, surveille mon emploi du temps et, chaque semaine, le transmette en détail au secrétariat de la fondation qu'elle a laissée dans cette ville. Je tiens à lui faciliter la tâche et je lui indique moi-même, au fur et à mesure, mes faits et gestes, souvent plusieurs jours à l'avance. Cet emploi du temps ne varie pas : quelques heures de travail à Radio-Mundial, un après-midi à la plage...

Il considère comme son devoir de m'attendre chaque soir à l'arrêt du tramway, et de me suivre jusqu'à mon immeuble. Ainsi, sa conscience est-elle tranquille. Parfois, nous buvons un verre ensemble, à la terrasse d'un petit café de l'avenue Villadeval. Nous parlons de tout et de rien.

J'ai pris l'habitude de cette silhouette qui m'attend, chaque soir, au bout de la montée du Vellado. Mais cela ne peut pas durer éternellement. Un jour, il ne sera plus là pour me surveiller. Il n'y aura plus personne. Quelques années passeront encore, quelques mois, et ce sera la fin du vingtième siècle.

Sur l'une des terrasses d'un immeuble, de l'autre côté de l'avenue, un homme fait sa gymnastique quotidienne. C'est plus fort que moi : j'ai beau fermer la fenêtre de ma chambre ou tourner la tête, mes yeux finissent par se poser sur lui. Vingt-cinq minutes de gymnastique entre neuf heures et demie et dix heures moins cinq, chaque matin.

Cet homme, Carlos Sirvent l'avait interviewé un après-midi pour Radio-Mundial et j'avais écouté leur entretien. Ils parlaient en français — Sirvent avec l'accent espagnol, et l'autre avec un accent presque imperceptible dont je ne parvenais pas à définir l'origine : suisse ? allemand ? luxembourgeois ? Il avait quatre-vingts ans, disait-il, mais sa voix me laissait une curieuse impression d'intemporalité : une voix sans la moindre inflexion humaine et dont on aurait cru qu'elle fonctionnait grâce à une prothèse. Il avait écrit de nombreux volumes consacrés à la musique allemande, au colonel Lawrence, à Alexandre le Grand, aux jardins, aux minéraux, à ses voyages de par le

17

monde. Il l'expliquait à Sirvent de sa voix métallique et ce dernier avait à peine le temps de placer un mot ou de poser une question.

Il est là, sur sa terrasse. Quelquefois, je l'observe à la jumelle. Sa maigreur et sa peau bronzée lui donnent l'aspect d'un grand insecte. Ses cheveux blancs sont coupés en frange et son long visage osseux taillé dans un bois mat qu'une hache n'entamerait pas.

Un jour, dans la librairie de l'immeuble Edward's Storès, l'une de ses œuvres était exposée sur l'étal des livres d'occasion et je l'avais achetée pour quelques pesos. Un mince volume, dans un emboîtage. Cela s'intitulait : *Grèce et Japon* et datait de 1938. Son portrait ornait la page de garde : visage glabre, lèvres minces, cheveux bruns ramenés en arrière. L'exemplaire était dédicacé d'une encre noire et d'une écriture gothique à un certain Pedrito, « matador de toros ».

J'avais feuilleté ce livre qu'illustraient des photos de statues et de temples grecs prises à contre-jour pour accentuer leur caractère monumental, et des photos encore plus sombres de cerisiers en fleur, de soldats et de navires de guerre japonais sous un ciel d'orage... Le texte était d'un style héroïque et lapidaire. Plus tard, dans une mercerie poussiéreuse, près du port, j'avais découvert d'autres livres de lui : *La Fleur d'acier, Panthères et Scarabées, Sables africains, Engadine et Brésil, Chant funèbre pour Karl Heinz Bremer, Marbres et Cuirs, Aus dem spanischen Süden...* Ces volumes étaient tous dédicacés au mystérieux Pedrito, « matador de toros ».

Il habitait déjà son petit appartement avant la guerre, car il précise dans *Grèce et Japon* qu'il a terminé ce livre ici. Une photo de sa terrasse, au balcon de laquelle se tient un homme de dos, torse nu — Pedrito peut-être —, illustre *Aus dem spanischen Süden*.

Il mène une vie solitaire. Les repas que je le vois prendre sur sa terrasse sont d'une extrême frugalité. Depuis quelque temps, il fait sa gymnastique matinale dans un maillot de bain rouge vif qui contraste avec sa peau bronzée et ses cheveux blancs. Les mouvements des bras et des jambes sont de plus en plus lents, comme ceux du yoga. Et de plus en plus long le temps qu'il y consacre : près d'une heure et demie, maintenant.

C'était un matin où je me demandais si je n'allais pas changer de domicile, tant la gymnastique quotidienne de mon voisin m'avait accablé. Les jours succéderaient aux jours, monotones, au même rythme que ces mouvements de bras et de jambes.

Aurais-je la force de vivre plus longtemps à quelques mètres de cet homme? J'avais beau me raisonner et me dire qu'il était écrivain — « votre confrère » comme l'appelait Carlos Sirvent... La lecture de ses ouvrages me causait le malaise qu'éprouve celui qui touche par mégarde une peau froide de serpent. Quelque chose de sa peau glabre à lui, de ses lèvres minces, de sa gymnastique de vieux spartiate imprégnait les volumes qu'il avait dédicacés à Pedrito.

Mais une brise caressait les palmiers de Vellado Gardens et mon humeur a changé brusquement. Tout cela n'avait aucune importance. Rien n'avait d'importance. Je descendrais jusqu'au Rosal pour boire un café et si je m'en sentais le courage, je ne prendrais pas le tramway de la Corniche, mais j'irais à pied jusqu'à Radio-Mundial.

Je marchais le long de Mesquita Street sur le trottoir de l'ombre. Il était onze heures du matin, l'air avait une fraîcheur océane et dans ma poche étaient pliés trois feuillets que je remettrais à Sirvent : un nouvel épisode des aventures de Louis XVII. Depuis quelque temps, il me proposait de les réunir en volume et de présenter mon travail à un éditeur de la ville. Pourquoi pas ? A condition que le livre soit en langue espagnole et que je le signe du nom d'emprunt que j'ai choisi depuis mon arrivée ici : Jimmy Sarano. Ainsi ne pourrait-on jamais faire le rapport entre celui qui avait publié quelques romans à Paris et un feuilletoniste andalou.

Je suis passé devant les vitrines de la Cisneros Airways.

Elle était là, derrière un bureau. Elle tapait à la machine et ses doigts hésitaient sur les touches. Par instants, elle ne se servait plus que de ses deux index. Après avoir glissé une nouvelle feuille dans la machine à écrire, elle a eu un soupir de lassitude et elle a regardé vers la rue, mais elle ne me voyait pas.

C'était bien le même visage que celui qui se dégageait de l'ombre, au Rosal.

Si je restais devant la vitre, je finirais par attirer son attention. De nouveau, elle tapait à la machine, mais d'une manière encore plus désinvolte : d'un seul index. Elle donnait l'impression d'appuyer au hasard sur les touches.

Autour d'elle, d'autres employés se tenaient derrière de petits bureaux métalliques. Quelques touristes, accoudés contre le grand guichet, tout au fond du hall, attendaient leurs billets d'avion. Son bureau à elle était le plus proche de la vitre.

Une femme brune d'une cinquantaine d'années, l'insigne métallique de la Cisneros Airways épinglé à son corsage comme une décoration militaire, traversait le hall et venait se planter derrière elle. Elle ne semblait pas s'être aperçue de sa présence et continuait de taper sur les touches d'un seul index. Puis elle se retournait brusquement. L'autre avait dû lui faire une réprimande. De nouveau, elle frappait les touches avec tous ses doigts, tandis que la femme brune, derrière elle, surveillait son travail. Au bout de quelques minutes, celle-ci s'éloignait vers le fond du hall. L'employé qui se trouvait au bureau le plus proche du sien lui lançait un sourire ironique et la surveillait à son tour. Elle sentait ce regard fixé sur elle, et s'efforçait de taper avec les dix doigts.

Les jours suivants, je revoyais avec précision les traits de son visage. Décidément le front et les yeux me rappelaient quelque chose.

Je suis passé devant les vitrines de la Cisneros Airways un après-midi où, de nouveau, je devais apporter un épisode des *Aventures de Louis XVII* à Carlos Sirvent. Mais elle n'était plus là. Une autre fille l'avait remplacée, au même bureau. Celle-ci tapait à la machine, très vite, avec ses dix doigts. J'ai appuyé mon front contre la vitre pour vérifier si, par hasard, elle occupait un autre bureau, ou si elle se trouvait derrière le grand guichet, au fond du hall. Non. J'ai reconnu la femme brune qui portait sur son corsage l'insigne de la Cisneros.

Un instant j'ai eu la tentation de demander de ses nouvelles. La fille qui lui avait succédé tapait de plus en plus vite et ses doigts effleuraient à peine les touches. Oui, on avait dû la renvoyer à cause de la désinvolture qu'elle manifestait dans son travail. Ça ne pouvait pas durer comme ça.

Et le soir, je me répétais : « Ça ne pouvait pas durer comme ça », en observant mon confrère qui dépliait une table de camping. Il s'absenterait quelques minutes puis reviendrait en portant une chaise de jardin qu'il placerait du côté droit de la table ; l'assiette, le gobelet et les couverts, il les déposerait sur la table, puis la casserole qui contenait son dîner. Il s'assiérait, le buste raide, les bras le long du corps.

Rien ne trouble ce cérémonial. Son mince profil de vautour et son buste se découpent sur le pan de mur beige rosé de la terrasse. Il porte, d'un geste sec du bras, la fourchette à sa bouche et mastique longuement. Le soir tombe, un soir tiède qui m'inspire chaque fois un sentiment de mélancolie. Les avenues de la ville bruissent sous le vent. Quelque part, d'une fenêtre ouverte, s'échappent une musique de radio et la voix d'un speaker arabe ou espagnol.

Le chauffeur prend le frais devant l'entrée de mon immeuble, sur un banc de l'avenue Villadeval. S'il me voit sortir, il le notera dans son carnet et attendra l'heure de mon retour. Mais je ne sortirai pas ce soir. Il vaut mieux rester immobile une bonne fois pour toutes. Où aller désormais ? Ici je suis arrivé au bout du monde et le temps s'est arrêté. Je jette un regard vers mon confrère aux gestes mécaniques et à la lente mastication... Sables africains, Panthères et scarabées... Sa voix aussi était mécanique — la voix d'un vieil enregis-

24

trement — lorsqu'il évoquait à Radio-Mundial, pour Carlos Sirvent, ses livres aux pages jaunies. Est-ce qu'il se souvient vraiment de les avoir écrits ?

Une dizaine de jours plus tard, un après-midi, à Radio-Mundial, je venais de quitter le bureau de Sirvent et je suivais le large couloir du premier étage. A l'instant où j'allais m'engager dans l'escalier, elle m'est apparue, debout, la tête penchée, derrière la vitre de l'un des studios d'enregistrement. Elle parlait à Mercadié, l'un de ceux qui dirigent les émissions en langue française.

Je me suis assis dans le fauteuil de cuir, face à la vitre. J'ai choisi sur la petite table un numéro des *Ondes*, le magazine qu'édite Radio-Mundial et pour lequel j'écris de temps en temps un article. J'ai voulu le feuilleter, mais je ne pouvais pas les quitter des yeux, elle et Mercadié.

Ils ne parlaient plus. Ils avaient l'air d'écouter quelque chose, mais la vitre étouffait les sons. Une cigarette pendait au coin des lèvres de Mercadié et j'étais surpris de voir s'élever les volutes de fumée, dans ce studio d'enregistrement à la vitre et aux murs vert pâle d'aquarium. Leurs gestes étaient très lents. Mercadié tenait sa cigarette entre deux doigts et écartait les bras en signe d'impuissance. Elle levait la tête vers lui. Leurs lèvres bougeaient, les siennes plus vite que celles de Mercadié. Elle fronçait les sourcils mais le visage de Mercadié était lisse et impassible.

La porte s'est ouverte, lui laissant le passage. Mercadié est sorti à son tour.

— Je suis désolé, a-t-il dit. Mais pour le moment, je ne vois pas ce que nous pourrions faire.

— Tant pis... ça n'a aucune importance, a-t-elle dit.

Il avait suffi qu'une porte s'ouvre pour qu'elle soit là, bien vivante, à quelques mètres de moi. Je crois que j'aurais eu la même impression si les personnages d'un film muet étaient brusquement sortis de l'écran et s'étaient mis à parler.

— Vous restez encore longtemps ici? a demandé Mercadié.

— Oui.

— Donnez-moi votre adresse. On ne sait jamais... Un jour ou l'autre, il peut y avoir du travail pour vous...

— Je vais peut-être changer d'adresse, a-t-elle dit. Je reviendrai vous voir.

Elle était française, en tout cas. Mais où donc l'avais-je déjà rencontrée? C'était le visage qui me rappelait quelque chose. Pas la voix.

D'un mouvement désinvolte, elle a serré la main de Mercadié. Elle portait son grand sac de paille en bandoulière, un chandail de marin aux rayures bleues et blanches, et un pantalon corsaire.

— Au revoir, a-t-elle dit. A bientôt.

Elle est passée sans me prêter la moindre attention et elle a disparu dans l'escalier. Mercadié s'est tourné vers moi, l'air rêveur :

— Une sacrée dégaine, a-t-il dit.

Elle est sortie de Radio-Mundial. Elle traversait l'esplanade en plein soleil. Je suis resté un instant immobile, à suivre du regard sa silhouette perdue au milieu de cette esplanade déserte. Était-ce une illusion d'optique, mais son ombre s'étendait derrière elle, de plus en plus longue, et la faisait paraître si petite, avec son sac de paille en bandoulière...

J'ai fini par la rejoindre. Nous marchions côte à côte, sans rien dire.

— Il fait chaud.

— Vous trouvez ?

Elle m'avait répondu d'un ton placide, comme si elle jugeait naturelle ma présence à ses côtés.

— Vous cherchez du travail ?

Elle a levé son visage vers moi et m'a considéré d'un œil à la fois méfiant et ironique.

— Comment le savez-vous ?

Elle avait l'accent de Paris.

— Je vous ai vue tout à l'heure avec Mercadié...

— Je n'ai pas eu beaucoup de succès...

Son ton était dégagé, mais j'ai senti qu'elle crânait.

— Mercadié a peur de prendre des initiatives...
Je pourrais vous trouver quelque chose... Je travaille moi aussi à Radio-Mundial...

— C'est très aimable de votre part...

— Qu'est-ce que vous voudriez faire comme
genre de travail à la Radio?

Elle a haussé les épaules.

— N'importe quoi...

Nous nous engagions sur la route de la Corniche.

— Vous descendez en ville? lui ai-je demandé.

— Oui.

Nous étions arrivés devant l'arrêt du tramway,
un petit bâtiment blanc à l'intérieur duquel nous
nous sommes assis sur la banquette de bois clair,
dans la pénombre et la fraîcheur. Elle a posé son
sac entre nous. Au mur, quelques affiches touristi-
ques : des photos du centre de la ville, de la
Corniche, du Fort. Et même une ancienne affiche
aux teintes bistrées où l'on voyait le club Brooks
avec sa piscine et son restaurant.

— Je crois que la seule chose qui vous pose des
problèmes, c'est de taper à la machine.

J'avais prononcé cette phrase du ton distrait que
j'aurais pris pour une remarque sans importance.
Ses yeux se sont agrandis.

— Ne vous inquiétez pas. Je ne suis pas de la
police. Quand je descends en ville, le matin, je
passe toujours devant les vitrines de la Cisneros
Airways.

Et j'ai fait semblant de taper à la machine, des
deux index sur mon genou.

Elle m'a souri. Sa méfiance s'était dissipée. Ce sourire aussi m'a rappelé quelqu'un.

— Ils m'ont renvoyée au bout d'une semaine. Je devais taper des lettres en français.

— Vous êtes française?

— Oui.

— Et vous êtes depuis longtemps ici?

— Depuis deux mois.

— Vous êtes venue ici pour travailler?

— Non... à cause du soleil...

Elle m'a souri de nouveau et elle a fouillé dans son sac. Elle en vidait au fur et à mesure le contenu, sur la banquette, entre nous : épingles à cheveux, foulard, cigarettes, pièces de monnaie, billets de banque froissés, briquet, tube de rouge à lèvres. Et un très gros portefeuille en crocodile qui m'a paru insolite entre ses mains. Puis elle a penché le sac devant elle. Un filet de sable coulait et se répandait sur le sol, et elle déplaçait légèrement le sac, de gauche à droite, de droite à gauche, pour dessiner par terre une ligne brisée.

— Vous allez souvent à la plage?

— Oui. C'est terrible ce sable... Il se met partout...

Maintenant, elle replaçait les objets, un par un dans son sac. Elle m'a tendu l'une des cigarettes qu'elle avait posées sur la banquette et en a pris une pour elle. Elle m'a présenté la flamme du briquet.

Elle a allumé sa cigarette. Elle a toussé, comme si elle fumait pour la première fois, et elle paraissait tout à coup encore plus jeune. Elle a aussitôt jeté la cigarette par terre et l'a écrasée du bout de sa chaussure.

— Vous aussi, vous êtes français ? m'a-t-elle demandé.

— Oui. Mais j'ai quitté la France définitivement.

Je regrettais le ton un peu solennel de cette réponse. Mais elle n'y avait pas prêté attention. Elle rangeait dans son sac le portefeuille en peau de crocodile.

slack period

C'était le creux de l'après-midi et le tramway ne venait pas. Nous attendions l'un à côté de l'autre dans cette petite salle où le soleil répandait à travers le store de toile délavée de la fenêtre une lumière orange. Toujours, une sensation de vide me prenait à la sortie de la radio, au milieu de l'esplanade et le long de cette route, jusqu'à l'arrêt du tram. A cette heure de l'après-midi, le quartier était désert, un quartier excentrique que l'on avait construit récemment, des ronds-points et quelques avenues bordées de villas. Je préférais attendre à Radio-Mundial en compagnie de Carlos Sirvent et de mes autres collègues jusqu'à six heures du soir pour rentrer en ville, car ces débuts d'après-midi me causaient de l'appréhension et un sentiment de solitude.

— Et qu'est-ce que vous faites à la radio ?

31

— J'écris un feuilleton qu'un speaker lit tous les jours.

— Ça s'appelle comment?

— *Les aventures de Louis XVII.*

Il me semblait que nous parlions très fort ou qu'une caisse de résonance amplifiait le son de nos voix. La sienne, en tout cas, était si claire... Peut-être parce qu'elle parlait français et que je n'avais pas entendu depuis longtemps quelqu'un parler vraiment français. Mercadié, Annie Morène, Molitor — mais ce dernier était belge —, d'autres collègues que je côtoyais à Radio-Mundial s'exprimaient encore dans leur langue maternelle, un français morne, synthétique, comme les voix que diffusent les haut-parleurs des aéroports internationaux. Ils avaient quitté la France depuis tant d'années... Et d'ailleurs, on parlait dans cette ville trois ou quatre langues qui se mêlaient les unes aux autres et chacune d'elles devenait hybride. Les noms des rues, par exemple, offraient souvent une alliance de sonorités anglaises et espagnoles : Mesquita Street, Castillo Crescent...

— Et vous? lui ai-je demandé. Vous êtes de Paris?

— Oui.

— Vous habitiez quel quartier?

— Du côté de la place Clichy.

Place Clichy. Un son inattendu dans cet endroit. Je pensais à ces films américains où le croupier d'un casino de Floride dit en français, d'une voix tranchante : « Faites vos jeux. Rien ne va plus. »

Nous étions les uniques passagers du tramway. Le conducteur nous avait lancé un regard de reproche : des gens tels que nous l'empêchaient de faire la sieste. Trois heures de l'après-midi. Je savais qu'en bas les rues seraient désertes, les magasins clos et que je risquais même de trouver, à la porte du Rosal, le panneau : « Fermé pour l'instant. » Mais cela n'avait aucune importance : je n'étais pas seul aujourd'hui. Au moment de monter dans le tramway, j'avais appuyé, d'un geste protecteur, ma main sur son épaule.

Pourquoi appelait-on « tramway » — prononcé à l'espagnole — ces bus rouges semblables à ceux de Londres ? Ils avaient remplacé les anciens tramways dont il restait encore les rails sur la route de la Corniche que nous descendions lentement. Là-haut, derrière une rangée de palmiers, j'ai aperçu la villa où je rendais souvent visite à l'Américaine. Elle avait voulu qu'on la transforme en musée après sa mort pour y réunir toute sa collection de tableaux. Désormais les guides publiés par le syndicat d'initiative mentionnaient ce musée que les touristes pouvaient visiter l'après-midi de quatorze à dix-neuf heures, et le mécène « de nationalité américaine, une très grande dame, bienfaitrice et citoyenne de cœur de la ville ».

— Vous habitez où ?

33

Elle fouillait dans son sac. Elle a hésité un moment à me répondre.

— J'habite un petit hôtel du côté du Fort.

— Et vous comptez rester longtemps ici?

— Oui. Pourquoi pas?

Elle avait sorti de son sac des lunettes de soleil, et après les avoir mises, elle se tournait vers moi, comme pour me demander si ces lunettes lui allaient bien. Leur monture était un peu trop massive sur ce visage. Une enfant qui veut jouer aux grandes personnes après avoir emprunté les lunettes de soleil de sa mère.

Le tramway s'arrêtait à chaque station : Monasterio, Marsham, Bergel del Bol, et chaque fois il attendait plusieurs minutes pour rien. Il est entré dans la ville par l'avenue Pasteur et nous étions toujours les deux seuls passagers.

— Vous habitez de quel côté? m'a-t-elle demandé.

— Sur les hauteurs. Il faut monter tout droit depuis la rue où se trouve la Cisneros Airways.

A ce nom, elle a eu un léger sourire.

— Mais pourquoi avez-vous essayé de travailler là-bas? Vous aviez besoin d'argent?

— Oui.

— A Paris, vous aviez un travail?

— Non.

— Vous aviez... de la famille?

— Non.

Nous sommes descendus à l'arrêt de Cordonel Place. J'ai été surpris qu'elle me suive car elle

aurait pu rester dans le tramway jusqu'au Fort.
Sous le soleil les rues étaient vides, comme d'habitude, et je cherchais un prétexte pour la retenir
quelques moments encore à mes côtés, le temps
d'accomplir cette traversée du désert que sont pour
moi les débuts d'après-midi.

— Vous ne voulez pas boire un jus de fruit en
attendant qu'il fasse un peu moins chaud ?

— Si vous voulez.

J'espérais que le panneau « Fermé pour l'instant » ne serait pas accroché à l'entrée du Rosal. Il
n'y avait pas d'autres endroits où se réfugier dans
les environs. Mais non. La porte était entrouverte.

Nous nous sommes assis au fond de la salle, à la
table où je l'avais remarquée la première fois. Elle
a posé son sac de paille à côté d'elle, sur la
banquette en moleskine rouge. J'avais l'impression
de revivre la même scène. J'étais revenu en arrière
dans le temps. En arrière ? Mais que s'était-il donc
passé depuis ? Les mêmes gestes, les mêmes trajets
de mon domicile à Radio-Mundial, deux ou trois
chapitres ajoutés aux *Aventures de Louis XVII* sans
qu'ils modifient le cours du feuilleton, les mouvements de yoga de mon confrère sur la terrasse, son
déclic du bras pour porter la fourchette à sa
bouche...

Personne au bar. Je suis allé chercher une carafe
d'eau et deux verres. J'ai rempli le sien.

— Attention... Cette eau a un drôle de goût
quand on n'y est pas habitué.

Elle a ôté ses lunettes de soleil.

— J'y suis habituée.

Elle avait le ton d'une enfant qui ne veut pas qu'on lui fasse la leçon. Elle a avalé une grande gorgée d'eau, sans sourciller.

— Vous trouvez vraiment qu'elle a un drôle de goût ? m'a-t-elle dit avec une pointe de défi. Moi je l'aime bien, cette eau.

— Alors, vous n'êtes déjà plus une simple touriste.

Elle me regardait droit dans les yeux.

— Et vous, pourquoi avez-vous quitté la France définitivement ?

J'étais étonné qu'elle se souvienne si bien des termes que j'avais employés tout à l'heure.

— Je voulais changer d'air...

Son regard était toujours fixé sur moi et cette réponse semblait la plonger dans un abîme de perplexité.

— Et moi, ce qui m'intéresse, c'est de savoir pourquoi vous êtes venue échouer ici, lui ai-je dit.

Apparemment, elle ne tenait pas du tout à me faire des confidences.

— Si je comprends bien, vous voulez vous établir dans notre ville ?

— Pourquoi pas ?

— D'habitude, les étrangers qui viennent s'exiler ici le font en fin de parcours... Mais vous... à votre âge...

— Vous êtes en fin de parcours ? m'a-t-elle dit avec un large sourire.

36

J'ai souri moi aussi et j'ai levé mon verre d'eau minérale. Elle a levé le sien. Nous avons trinqué.

Les magasins étaient ouverts et il y avait du monde dans les rues. Elle voulait rentrer à son hôtel avant cinq heures. Un rendez-vous? Avait-elle des amis dans cette ville? Je n'ai pu m'empêcher de le lui demander.

— Presque pas, m'a-t-elle dit.

Que cachait ce mot flou : presque pas?

Elle m'a dit qu'elle prendrait le tramway et je lui ai proposé de l'accompagner jusqu'à l'arrêt de celui-ci. Nous suivions Mesquita Street et nous sommes passés devant les vitres de la Cisneros Airways.

— Vous ne regrettez pas votre bureau?

Je m'étais arrêté et je lui désignais du doigt la fille qui tapait à la machine, derrière le bureau le plus proche de la vitre.

La femme brune était penchée au-dessus de son épaule. Elle tenait une cigarette entre le pouce et l'index de sa main gauche et à son corsage brillait toujours l'insigne métallique de la Cisneros Airways. Elle lisait au fur et à mesure ce que l'autre tapait de ses doigts infatigables.

— Nous les voyons, mais eux ne nous voient pas, m'a-t-elle dit. Les vitres sont opaques de l'intérieur.

— D'habitude, c'est le contraire.

37

— Oui, mais il ne faut pas que les événements de la rue puissent nous distraire une seconde de notre travail.

Elle s'était amusée à prendre un ton autoritaire qui était sans doute celui de la brune à l'insigne métallique.

— Quand vous me regardiez, moi je ne vous voyais pas, m'a-t-elle dit, et elle m'a entraîné d'une pression de la main sur mon bras.

A l'arrêt du tram, j'ai pensé qu'elle allait disparaître de ma vie, dans un instant.

— Il faudrait quand même que vous me donniez votre adresse si vous voulez que je vous trouve du travail à Radio-Mundial.

— D'accord.

J'ai sorti de la poche intérieure de ma veste un stylobille et un morceau de papier et je les lui ai tendus.

— Il y a une chose qui m'intrigue... J'ai l'impression de vous avoir déjà connue quelque part...

— Pas moi.

Elle écrivait lentement, comme une élève qui s'applique, et elle tenait le morceau de papier contre la paroi de l'arrêt du tram. Puis elle l'a plié en quatre et l'a glissé elle-même dans l'une des poches de ma veste d'une main légère de pickpocket.

— Nous nous sommes peut-être rencontrés place Clichy, a-t-elle dit.

Dans le tramway, elle a pu s'asseoir à une place

38

libre, juste derrière le conducteur. Elle avait posé
son sac sur ses genoux et ôté ses lunettes de soleil.
Le tram est resté quelques minutes à l'arrêt. Elle
appuyait contre la vitre son visage d'ange.

Elle avait écrit : Marie, sans nom de famille, et l'adresse : hôtel Alvear, Inguanez Street.

Peut-être à la réception de cet hôtel Alvear ne la connaissait-on que sous l'identité de Marie. A moins qu'elle n'ait dû présenter son passeport. Mais avait-elle un passeport ? Qui fallait-il demander si je téléphonais ou même si je me présentais à l'hôtel ? La señorita Marie ?

C'est un prénom très répandu. J'ai essayé de me souvenir si j'avais connu quelqu'un qui le portait. J'ai cherché, en vain, à qui me faisaient penser son front et ses yeux. J'avais perdu l'habitude de ces exercices de mémoire depuis que je vivais dans une sorte d'intemporalité — ou plutôt, selon l'expression de Carlos Sirvent —, de présent éternel.

Ici rien ne m'évoque mon passé ni celui des quelques personnes dont je m'inspirais pour mes livres, du temps où j'habitais la France. Je suis étonné d'écrire encore le français malgré cette langue composite que l'on parle autour de moi et qui brouille définitivement les souvenirs. Le seul

Pas de nom de famille

ici rien ne lui évoque son passé

passé qui m'intéresse, et dont j'ai découvert les traces, semble mythologique : armoiries encore visibles sur certaines façades du quartier du Fort, l'Éléphant et la Rose des Malatesta, le Lion des Badoer, la Sirène des Lusignan, l'Aigle des Montferrat, et qui témoignent de l'histoire de cette ville comme le cimetière où voisinent les tombes d'antiques familles génoises, espagnoles ou grecques.

Il y a bien sûr cet homme qui m'attend chaque soir, à l'arrêt du tram. Au début, je lui trouvais l'allure d'une sentinelle qui resterait toujours immobile par fidélité envers l'Américaine et une époque révolue. Mais j'ai lié plus ample connaissance avec lui et lorsque nous prenons un verre ensemble à la terrasse du café de l'avenue Villadeval, il me parle de sa femme et de ses enfants. Et le vieil insecte qui fait sa gymnastique quotidienne en maillot de bain rouge ? Lui aussi, à la rigueur, pourrait me replonger dans le passé à cause de l'un de ses ouvrages : *Chant funèbre pour Karl Heinz Bremer* imprimé sur du mauvais papier aux petites taches de rouille, édition de janvier 1944. Une photo illustre le livre. On y reconnaît l'auteur du *Chant funèbre* en compagnie de ce Karl Heinz Bremer et de tout un groupe d'écrivains français de l'époque. Ils sont là, debout, sur un quai de gare. Ils ont choisi de se rendre à un congrès de littérateurs européens à Weimar. On ne les reverra plus. Qu'ils partent pour Weimar, pour Moscou ou pour une autre destination n'a pas d'importance. Si je jette un œil sur ce document, c'est comme un

41

entomologiste qui contemple à la loupe une espèce de papillons disparus. J'ai beau me répéter que ces écrivains français sont mes confrères... Tels qu'ils se présentent pour l'éternité sur la photo, on ne saurait pas très bien dire à quel sexe ils appartiennent. Leur groupe se divise en deux types de morphologies : les gros joufflus imberbes aux fesses flottantes et aux lunettes rondes, et les autres : tendus, visages glabres, peaux lisses, lèvres pincées ou sinueuses. Il suffit de les observer sur ce quai de gare pour deviner qu'ils ignorent tout de la vie, qu'ils n'ont encore jamais été entamés par rien : ni par l'amour ni par la souffrance... Ils vont mourir vierges. Comme la plupart d'entre nous, me répète Carlos Sirvent chaque fois que je lui montre cette photo, et il me souffle une bouffée de son Partagas au visage.

Moi aussi, dans une valise que je n'ai pas ouverte depuis mon départ de France, je possède une masse de vieux papiers qui se rapportent à ma vie antérieure. Ce soir-là, je me suis demandé si je ne devais pas les consulter. Peut-être en feuilletant un agenda, trouverais-je la personne qui avait le même front et les mêmes yeux que cette fille. Mais à peine avais-je traîné cette valise de cuir vert au milieu de ma chambre que le découragement m'a envahi. Non, je ne me sentais pas la force de compulser toutes ces archives. Les couleurs du crépuscule étaient trop tendres avec l'ombre des palmiers sur les façades claires des immeubles... J'ai préféré m'allonger sur la terrasse et me laisser engourdir par les bruits de la rue. A quoi bon revenir en arrière quand vous pouvez vivre — selon l'expression de Sirvent — un présent éternel ? J'ai allumé l'une de ces cigarettes « Alazan » au goût opiacé. J'étais étendu sur mon matelas pneumatique, les yeux fixés vers le ciel rose sombre pour éviter de voir, de l'autre côté de l'avenue, sur sa terrasse, l'insecte au maillot de bain rouge grignoter son repas vespéral.

Les yeux et le front de cette Marie étaient les siens, voilà tout, et pas ceux d'une autre.

Une musique étouffée, des murmures de conversations, des rires me berçaient, ainsi que la voix sourde de Carlos Sirvent sur Radio-Mundial, annonçant comme chaque soir à sept heures et demie : *Les aventures de Louis XVII*.

Les rues du quartier du Fort ont leur charme.
Un jour, je quitterai les hauteurs du Vellado pour
habiter dans une chambre, au cœur de cet enche-
vêtrement de maisons qui est celui d'une médina.
Elles débouchent aussi, ces rues, sur des places à
l'italienne, au milieu desquelles coule une fontaine
ou se dresse une statue équestre. Un jour, je
viendrai me perdre ici. J'abandonnerai mon travail
à Radio-Mundial et la rédaction de mon feuilleton
pour écrire l'histoire de cette ville, une sorte
d'annuaire où seront répertoriés tous les blasons à
moitié effacés sur les murs du Fort et des quelques
anciennes demeures patriciennes, tous les noms
des familles que l'on peut lire encore sur les tombes
du cimetière. Et si je mène cette tâche à bien,
j'aurai dit tout ce que j'avais à dire.

Mais ce matin-là, je cherchais simplement l'hôtel Alvear. Je l'ai découvert enfin sur une petite
place déserte, tout près du Fort. Des tables de
jardin et des bacs de fleurs étaient disposés devant
la façade de crépi grenat. Un brun à lunettes qui

44

portait une chemise verte à manches courtes se tenait accoudé au bureau de la réception. J'ai hésité un instant :

— La señorita... Marie, ai-je demandé.

Il a levé la tête et m'a considéré d'un œil soupçonneux.

— La Française ?

— Oui. La Française.

— Elle est partie très tôt ce matin. Mais elle reviendra.

Il parlait le français avec un accent à peine perceptible et d'un ton dénué de la moindre aménité.

— Elle reviendra à quelle heure ?

— Elle reviendra.

Il avait l'air de se contenir, comme si je le narguais.

— Elle reviendra parce que j'ai gardé son passeport.

Il s'était redressé et avait croisé les bras dans une attitude menaçante.

— Son passeport ?

— Oui, son passeport. Elle n'a pas payé sa chambre depuis quinze jours.

— Elle vous doit combien ?

— En francs français ?

— Dans la monnaie que vous voudrez.

Il s'est retourné vers les casiers de bois clair où pendaient de grosses clês et il a sorti une fiche du numéro 17.

— Elle me doit cinq cent soixante-treize francs français.

J'ai fouillé dans mes poches pour rassembler quelques billets de banque : dollars, livres sterling, pesetas, francs, toutes monnaies que l'on accepte ici, sans faire le détail.

— Voilà.

Et j'ai posé sur le bureau un billet de cinq cents francs et un autre de cinq cents dollars qu'il considérait en fronçant les sourcils.

— Vous m'en donnez trop, monsieur.

Son ton s'était radouci.

— C'est une avance, lui ai-je dit. Vous pourrez lui rendre son passeport. Je compte sur vous.

— Bien sûr, monsieur.

D'un geste vif, il a pris les deux billets de banque, comme s'il les saisissait au vol et il les a plongés dans le tiroir de son bureau. Il me lançait maintenant un regard complice.

— Jolie fille, hein ?

Et c'était tout juste s'il n'allait pas me donner une bourrade et me féliciter pour mon goût.

— Je suis son oncle, lui ai-je dit.

— Ah... Pardon, monsieur...

J'ai regardé autour de moi. Un escalier étroit recouvert d'un tapis rouge. Les pales du ventilateur au plafond de la réception étaient arrêtées. Au-dessus des casiers de bois clair, une affiche, semblable à l'une de celles qui ornaient les murs de l'arrêt du tram de la Corniche, une photo aérienne de la plage et du Fort et il était écrit au bas de la photo : La Perla del Sud.

— Quand elle reviendra, je lui transmets un message de votre part ?

Il se penchait par-dessus le bureau de la réception, comme s'il voulait happer mon attention.

— Je lui dis que son oncle est venu ?

J'ai mis un instant à répondre. Le vert de sa chemise, un vert brillant — du satin — contrastait avec la peau laiteuse de ses bras.

— Oui... son oncle.

J'ai quitté le quartier du Fort et je suis descendu vers la plage, le long de Calistoga Avenue que bordent des maisons blanches à bow-windows. Chaque fois que je descends la pente de Calistoga Avenue, je finis par ne plus très bien savoir où je suis et je me demande si cette mer, en bas, ne serait pas l'océan Pacifique.

Une impression m'envahit, la même que j'éprouvais enfant, le premier jour des vacances, quand je débouchais après le mur blanc du casino et les barrières blanches des pelouses sur la mer, une impression aussi fugitive que le reflet du soleil dans une glace, qui vous éblouit une fraction de seconde.

Je suis entré dans l'ancien Club Brooks. Il n'est séparé de la plage que par une clôture de bambous. Une piscine et, en retrait de celle-ci, le bar aux murs blancs, au toit de tuiles rouges et au patio extérieur. Entre le Club et la mer, des massifs d'eucalyptus vous protègent du soleil. Je me suis allongé à l'ombre de l'un d'eux, sur un talus, en bordure de la plage.

Je viens souvent ici, le matin, et à l'heure du déjeuner avant de monter à la Radio. Il n'y a jamais personne au bord de la piscine. L'ancien Brooks ne figure plus sur les guides de la ville et maintenant on y accède sans être membre du Club et sans payer à l'entrée. Les clôtures de bambous écroulées indiquent que tout le monde, désormais, peut se baigner dans la piscine.

Par une trouée dans les eucalyptus, je voyais la plage et le ciel. Le fuselage argenté d'un avion traversait ce ciel limpide en silence car il volait à trop haute altitude pour qu'on entende le bruit des moteurs. Il allait encore plus loin que l'endroit où je me trouvais en ce moment, plus loin que cette mer et cette plage déserte sous le soleil. Il glissait vers l'horizon, il n'était plus qu'un grain de poussière scintillant dans le bleu du ciel.

Je guettais le passage d'un autre avion. C'est mon unique souci à ces instants-là. Je me sens détaché de tout. Leurs fuselages d'argent apparaissent à intervalles plus ou moins réguliers. Ils doivent suivre la ligne de l'ancienne Aéropostale : Rio de Oro. Cap-Juby. Villa Cisneros. Fort-Étienne... Chaque fois, je crois entendre l'un de ces Latécoère au bourdonnement léger qui décroît peu à peu.

Le bâtiment de la Radio est blanc, très long, d'un seul étage, avec de grandes baies vitrées et son esplanade lui donne un caractère monumental. Cette esplanade, au milieu de laquelle se dresse un socle sans statue, contribue à la sensation de vide que j'éprouve tôt le matin, ou bien au coucher du soleil, dans les couloirs et les bureaux silencieux.

Je n'ai pas lié de réelles amitiés, à Radio-Mundial, sauf avec Carlos Sirvent, mais il est lui-même si fuyant... Depuis que nous collaborons aux *Aventures de Louis XVII* il ne m'a jamais invité à son domicile et j'ignore tout de sa vie privée. Il ne me pose aucune question sur la mienne ou sur mon passé. A peine une allusion à l'un de mes livres : il en a trouvé une traduction espagnole dans la bibliothèque de la Radio — un volume imprimé voilà une dizaine d'années et dont les pages ne sont pas aussi jaunies que celles du *Chant funèbre pour Karl Heinz Bremer* et de *Grèce et Japon* de mon confrère au maillot de bain rouge... Mais le temps poursuivra son lent travail d'usure. A cette diffé-

49

rence près : je ne ferai jamais de gymnastique sur une terrasse, comme cet insecte.

J'aurais pu entretenir un rapport plus étroit avec mes compatriotes qui s'occupent des émissions en langue française mais nous observons une si grande réserve entre nous que je me demande s'ils savent que je suis français et que j'ai écrit quelques livres. Pas un mot de la vie qu'ils menaient en France ou des motifs pour lesquels ils se sont expatriés. Connaissent-ils mon identité véritable ? Je m'appelle, depuis que j'habite ici et que je travaille à Radio-Mundial, Jimmy Sarano. Eux, apparemment, ont gardé leurs vrais noms : Annie Morène, Jacques Boyard, Maitrot de la Motte, Millaire, Chalvet, Turenne-Paillard, Mercadié, Simone Delorme, Jacques Lemoine, Jacques Rémy, Chopitel, Marcel Guéline.

Et pourtant, ces speakers et ces metteurs en ondes français de Radio-Mundial portent sur leurs visages, à l'heure où la fatigue provoque chez eux un relâchement, les traces d'une faute qu'ils ont commise, d'une erreur initiale dont ils traîneront le poids jusqu'à la fin. Quelques-uns ont à peine cinq ans de plus que moi et je crois même que Chopitel, Jacques Rémy et Marcel Guéline sont mes cadets.

Au début j'ai préféré le service des émissions espagnoles que dirige Carlos Sirvent, malgré mon peu d'usage de cette langue. J'évitais les Français. Mais aujourd'hui cela m'est égal. Je sais que nous n'avons pas besoin d'échanger des confidences, nous sommes tous dans le même bain. Si nous

50

travaillons à Radio-Mundial, c'est qu'un jour, dans nos vies, il y a eu un accident. Et je veux bien dire deux mots sur mon cas personnel : je suis venu m'exiler ici pour m'alléger d'un poids qui augmentait au fil des années et d'un sentiment de culpabilité que j'essayais d'exprimer dans mes livres. Coupable de quoi ? Longtemps, j'ai fait le même rêve : une voiture s'enfonçait la nuit dans les eaux de la Marne. J'avais pu m'en sortir de justesse, abandonnant la personne qui était avec moi. Immobile, sur l'un des pontons de la berge, je regardais cette voiture s'enfoncer lentement dans l'eau, et je n'esquissais pas le moindre geste. Maintenant, je ne rêve plus à rien.

Les émissions françaises conservent l'antenne toute la nuit, et, pour alterner avec les programmes de variétés ou de musique classique, je donne à mes compatriotes des textes, différents dans la forme des *Aventures de Louis XVII* mais pas dans l'esprit, et que nous avons baptisés *Appels dans la nuit*.

Il s'agit de trois cahiers où j'avais recopié, en consultant des journaux vieux d'une quarantaine d'années, des noms propres, des adresses, des petites annonces, des noms de chevaux de plat et d'obstacles, ceux de leurs jockeys et de leurs propriétaires, des publicités, des déclarations de faillites et bien d'autres choses... A partir de minuit et jusqu'à six heures du matin, Mercadié, Simone Delorme ou Jacques Lemoine lisent des extraits de cet énorme agenda périmé au micro de Radio-

51

Mundial. Ils le font pendant dix minutes environ, après chaque bulletin d'information.

Les voix des speakers, à ces heures-là, sont limpides et se détachent sur un silence pur du moindre parasite. Alors je comprends pourquoi je ne peux plus écrire de romans, pourquoi j'ai renoncé à la littérature. Écrire désormais, ce sera remplir des cahiers comme les trois précédents, avec tous ces détails hétéroclites et oubliés qu'un speaker lit d'une voix précise et qui éveilleront un écho chez quelqu'un à Paris ou à l'autre bout du monde s'il capte cette émission lointaine. J'attends, chaque jour, la lettre d'un auditeur inconnu qui aurait répondu à l'invitation que Mercadié répète au micro, chaque fois qu'il lit un passage de mes « cahiers » : « Toute personne susceptible de nous donner d'autres détails sur ces sujets est priée de nous écrire. »

Oui, ce sont des appels que je lance, entre deux courses de chevaux et de jockeys disparus : lundi 21 septembre. Prix de l'Adriatique. John Bull, à monsieur M. Pupier, jockey A. Dupuit. Cyclotron, à monsieur M. Fabiani, jockey Bertiglia. Géraldine, à monsieur P. Foucret, jockey M. Berthès. Lovelorn, au baron S. de Lopez-Tarragoya, jockey G. Duforez. Étoile du soir, à monsieur Julien Blin. Ducat, à madame Rousse. A madame Palmieri, jockey Dornaletche...

Il est trop tard pour prendre les paris. Certaines questions sont demeurées en suspens, on ignore ce que sont devenues certaines personnes. Perdu, quartier Pigalle, chienne blanche très basse sur pattes. Collier noir. Bonne récompense. Hôtel Radio, 64, boulevard de Clichy. Perdu quartier Pigalle...

Sur l'esplanade, devant le Fort, il y a toujours beaucoup d'animation vers dix heures du soir et l'on se dispute les tables et les chaises cannées à la terrasse du Lusignan.

Jusqu'à cette nuit-là, je ne m'étais jamais assis à la terrasse du Lusignan. Trop de touristes. Trop d'étrangers parmi lesquels je risquais de faire de mauvaises rencontres. Oui, je craignais de me trouver en présence de gens que j'avais connus à Paris. Il est désagréable de nier sa propre identité à quelqu'un qui vous a donné l'accolade en vous disant : « Ravi de te voir. » Et vous, vous demeurez imperturbable : « Mais monsieur, c'est une erreur... » Il croit à une plaisanterie, et ses yeux s'agrandissent dans une expression de désarroi. Le monde vacille pour lui : « Vous êtes sûr que ? — Oui, sûr. » Il se raccroche à une dernière certitude : « Mais vous avez la même voix que lui... » Vous haussez les épaules : « Désolé, monsieur. Vous faites erreur. » Alors, il lâche prise peu à peu. Voilà, c'est fini. Quelquefois, un balbutiement :

« C'est fou, ce que vous lui ressemblez », et il s'éloigne à reculons, l'œil fixé sur vous, comme si vous étiez un spectre. A cet instant-là, je voudrais bien lui taper sur l'épaule et lui dire : « Oui, je suis celui que tu crois... Je t'ai fait peur, hein ? » Mais je reste cloué au sol.

S'il m'arrive d'être dans le quartier du Fort, je dois avouer que, souvent, je passe trop près du Lusignan. On ne peut pas vivre sur ses gardes du matin au soir.

Cette nuit-là, je longeais la première rangée de tables de cette terrasse. Je devais me frayer un passage à travers les groupes qui s'étaient formés sur l'esplanade autour de musiciens ambulants, d'avaleurs de sabre et de vendeurs de yo-yo lumineux. C'est moi qui l'ai vue le premier à l'une des tables qui bordaient la terrasse. Sur cette table était posé son sac de paille et à côté d'elle se tenait un brun qui semblait avoir son âge. J'ai poursuivi mon chemin.

J'avais laissé derrière moi la terrasse du Lusignan, lorsque j'ai senti la pression d'une main autour de mon bras gauche. Je me suis retourné. C'était elle. Elle ne disait rien. Elle me souriait simplement.

— Qu'est-ce que vous faites là ? lui ai-je demandé.

Nous restions immobiles tandis que les promeneurs se rassemblaient autour d'un violoniste barbu, un petit singe sur l'épaule. Il s'était mis à

55

jouer les premières mesures d'un air familier. Les passants nous bousculaient.

— Vous venez boire un verre? m'a-t-elle dit. Elle m'a pris par le bras quand elle a vu que j'hésitais.

— J'aime bien tout ce monde. Et vous?

— Il y en a un peu trop, lui ai-je dit.

Nous étions arrivés à la hauteur du Lusignan. Elle m'a lâché le bras et m'a précédé jusqu'à la table où était toujours assis le brun qui portait une chemise de coton déchirée. Elle me l'a présenté :

— Un ami.

Il m'observait, un sourire ironique au coin des lèvres. Il m'a tendu le bras.

— Jimmy Sarano, lui ai-je dit.

Elle s'est assise et je suis allé chercher une chaise libre à la table voisine pour m'asseoir à mon tour. Nous restions silencieux, tous les trois.

— C'est mon oncle, a-t-elle dit au brun à la chemise déchirée.

— Ah oui... Vous êtes son oncle?

Il m'observait toujours, de ses yeux bleus. Il parlait français avec un léger accent.

— Vous n'êtes pas... français? ai-je demandé.

— Mon oncle te demande si tu es français.

J'avais d'abord pensé qu'il existait une complicité entre eux, mais ils n'avaient pas l'air aussi intimes que ça.

— Je suis anglais, a-t-il dit.

— Vous parlez très bien français.

— Merci.

56

Ils étaient assis l'un et l'autre en face de moi : un très beau couple.

— Vous êtes vraiment son oncle ?

Ce problème semblait le préoccuper mais il gardait pourtant le sourire — un sourire un peu inquiet. Elle ne bronchait pas. Elle attendait sans doute de voir comment j'allais me tirer de cette situation. Ils étaient bien assortis l'un à l'autre, chacun portant sur le visage et dans l'allure ce qu'il faut bien appeler l'éclat de la jeunesse.

— Pas tout à fait son oncle, ai-je dit. Je suis un ami de sa mère...

— Oui... C'est un ami de ma mère, a-t-elle dit.

Et elle prenait sur la table, à côté de son sac de paille, un yo-yo lumineux qu'elle avait acheté certainement à l'un des camelots de l'esplanade.

— Vous êtes en vacances ici ? ai-je demandé à l'Anglais.

— Oui. Pour quelques jours. Ensuite, nous allons en Espagne.

Il était sur la défensive et j'aurais voulu trouver les mots qui auraient détendu l'atmosphère. Elle jouait avec le yo-yo et paraissait ne plus faire attention à nous, ou bouder.

— Vous avez raison... C'est un beau pays, l'Espagne, ai-je dit.

Le petit disque orange et lumineux montait et descendait le long du fil, et je guettais chaque fois le mouvement sec de son poignet.

— Mais moi, je n'ai pas envie d'aller en Espagne...

57

Elle avait dit cela d'une voix douce, sans nous regarder ni l'un ni l'autre, mais l'air absorbé par le mouvement régulier du yo-yo.

— Alors, j'irai tout seul...

Son sourire à lui s'est éteint. Elle a posé le yo-yo sur la table et elle a croisé les bras.

— C'est ça... Tu iras tout seul...

Peut-être se disputaient-ils déjà, au moment où elle m'avait vu passer devant le Lusignan. Il a avancé sa main et lui a entouré le poignet.

— Tu es de mauvaise humeur ?

Il se penchait vers elle et j'ai cru qu'il allait l'embrasser. Elle m'a jeté un regard de biais et elle a laissé son poignet dans sa main, à lui.

— Pourquoi l'Espagne quand on est si bien ici ? a-t-elle dit. Qu'en pensez-vous, mon oncle ?

Il m'a fixé à nouveau, de ses yeux bleus.

— C'est à vous de savoir, ai-je dit. Je ne voudrais surtout pas vous influencer.

Au bout de combien de temps l'envie de partir m'a pris ? Un quart d'heure, vingt minutes peut-être. Nous étions assis sur cette terrasse du Lusignan et nous échangions des banalités. Oui, je m'appelais Jimmy Sarano et pourtant j'étais français. Oui, j'habitais toute l'année ici. Je travaillais à Radio-Mundial, ce poste qui diffusait des émissions en plusieurs langues. Les tables voisines de la nôtre étaient occupées par des touristes qui parlaient fort et là-bas, sur l'esplanade, le violoniste jouait toujours, d'un archet brutal et inlassable, le même air.

— Il faut que je vous quitte.

Je les regardais tous les deux. A leur âge, je n'aurais jamais osé dire une telle phrase. Et pourtant, j'éprouvais la même envie de fausser compagnie aux gens. Par timidité, je restais à leurs côtés en cherchant vainement un mot pour prendre congé. Ou bien à la première seconde d'inattention de leur part, je disparaissais au tournant d'une rue. Sans leur donner d'explications.

Je me suis levé. Le brun s'est levé aussi. Il était grand et portait avec une élégance naturelle sa chemise de coton déchirée et son blue-jean. Il m'a tendu le bras :

— Au revoir.

Il me faisait un large sourire, comme s'il était soulagé de mon départ.

— Et bonne chance pour l'Espagne, lui ai-je dit.

Elle était restée assise et m'observait, en serrant dans sa main le yo-yo lumineux.

— Il faudrait que je vous dise deux mots au sujet de ma mère, m'a-t-elle lancé d'une voix brusque, comme si elle se jetait à l'eau.

— Au sujet de votre mère ?

— Oui... Ma mère voulait que je vous parle de certaines choses personnelles si je vous rencontrais ici.

Elle s'est levée, elle a laissé tomber le yo-yo

lumineux dans son sac de paille et elle a pris celui-ci à la main.

— Tu m'attends à l'hôtel... Je n'en ai pas pour longtemps, a-t-elle dit au brun.

— D'accord.

Il se tenait à côté de nous, un peu décontenancé.

— Tiens... J'avais gardé la clé de la chambre sur moi..., a-t-elle dit.

C'était l'une des grosses clés que j'avais vues à la réception de l'hôtel Alvear. Il l'a enfouie dans l'une des poches de son blouson.

— Ne me fais pas trop attendre, a-t-il dit.

Puis il s'est tourné vers moi d'un mouvement de tête nonchalant et m'a dévisagé un instant en silence.

— Je ne veux pas qu'elle me fasse attendre...

Il me regardait droit dans les yeux, avec un petit sourire méprisant.

— J'y veillerai, lui ai-je dit.

I will look after her

Tous les deux, nous avons traversé l'esplanade en direction du port.

— Qu'est-ce que vous avez à me dire de la part de votre mère ?

Elle marchait à côté de moi, son sac de paille en bandoulière. De temps en temps, elle tournait la tête comme si elle voulait vérifier que personne ne nous suivait.

— Je n'ai pas de mère.

Nous longions la route du port. Déjà, nous n'entendions plus le brouhaha de l'esplanade, sauf, par bribes, cette musique que le violoniste au singe sur l'épaule s'obstinait à jouer. Et brusquement le titre de l'air me revint en mémoire. C'était *La vie en rose*. Mais il la jouait trop vite, comme un paso doble.

— Je voulais être seule avec vous pour vous parler.

Elle avait une voix nette et ne paraissait pas du tout intimidée.

— Pourquoi avez-vous réglé ma chambre à l'hôtel, l'autre jour ?

— Parce qu'on avait confisqué votre passeport...

— Je vais vous rembourser.

— Ce n'est pas la peine.

Elle s'est arrêtée de marcher et m'a fixé d'un regard sévère qui contrastait avec la douceur de son visage.

— Ne me regardez pas comme ça... Vous me faites peur...

Et comme elle restait silencieuse et qu'elle ne se déridait pas, j'ai ajouté :

— Je suis sûr que si j'en avais besoin, vous me prêteriez de l'argent... D'ailleurs, je n'hésiterais pas à vous en demander... Toutes ces questions d'argent n'ont aucune importance entre amis...

— Mais nous ne sommes pas des amis.

— J'espère que nous allons le devenir.

Elle a eu un petit rire enfantin qui a éclairé son regard et lui a défroncé les sourcils.

— J'ai dû dire à mon ami que j'avais reçu un mandat de mes parents.

— Mais, de toute façon, je suis un ami de votre mère...

— Ah oui... C'est vrai...

Le long de la route, les boutiques de fruits, les petits garages et les cafés étaient éclairés par des ampoules nues. De temps en temps nous évitions un groupe de joueurs de cartes, assis autour d'une table, au milieu du trottoir. Nous avons fait demi-tour, en direction du Fort.

— Vous voulez toujours travailler à Radio-Mundial ? lui ai-je demandé.

— J'aimerais surtout gagner un peu d'argent. Mais mon ami veut partir en Espagne. Et en Espagne, ça sera pareil...

— Vous le connaissez depuis longtemps, votre ami ?

— Non. Je l'ai connu ici... Sur la plage...

Elle s'est tue. Elle marchait à côté de moi, et, apparemment, elle ne me prêtait plus la moindre attention.

— Il n'a qu'à y aller tout seul, en Espagne...

Elle l'avait dit presque à voix basse. Je ne savais quoi lui répondre. Cela ne me concernait pas. Elle était assez grande pour se débrouiller toute seule dans la vie. Nous suivions la route vers le Fort et j'essayais de me souvenir quelle était ma situation exacte à son âge. Elle avait à peu près vingt ans. A vingt ans, j'avais échoué à Vienne, et une nuit comme celle-là, je retardais moi aussi le moment de rentrer dans ma chambre d'hôtel du côté de la Mariahilferstrasse et de la gare de l'Ouest. Je pouvais encore y rester deux jours : la veille, j'avais compté mon argent. C'était une chambre minuscule, au rez-de-chaussée, et j'entendais toute la nuit les allées et venues des clients. Je rangeais mes pièces de monnaie dans une boîte métallique de cigarettes lorsqu'une dispute a éclaté dans la chambre voisine. Une femme — une Française — accablait de reproches quelqu'un qui gardait le silence. La voix de cette compatriote me donnait du courage. Peut-être, si je sortais de l'hôtel, me retrouverais-je non plus Mariahilferstrasse mais à Paris.

Et puis leur dispute s'est éteinte. Le silence. Tout à coup, elle a poussé un cri de surprise. Et, d'une voix cinglante, elle a lancé cette phrase qui, après tant d'années, garde encore, pour moi, son mystère :

— Tu prends mon cul pour un bal masqué ?

Nous étions revenus près du Fort. Il suffisait de traverser une zone d'ombre où se tient, une fois par semaine, un marché en plein air, et nous serions de nouveau sur l'esplanade. Elle s'est arrêtée.

— Je n'ai pas envie de rentrer à l'hôtel tout de suite...

63

Là-bas, il y avait encore des lumières et du bruit. Le vent apportait cette mélodie, toujours la même, éraillée maintenant, comme si le musicien au singe sur l'épaule voulait briser les cordes de son violon.

Elle s'est assise sur le rebord du socle de la statue de Javier Cruz-Valer. C'est l'homme qui a créé dans les années trente notre poste de Radio-Mundial, le bienfaiteur grâce auquel la ville a connu un grand essor touristique et commercial. On lui doit le Brooks, la Cisneros Airways et l'aéroclub qui porte son nom... Grâce au talent diplomatique de Cruz-Valer, la ville a bénéficié, pendant une vingtaine d'années, d'une situation de port franc. Cette statue se dressait au milieu de l'esplanade de Radio-Mundial et puis, on l'a transportée ici, laissant là-haut le socle vide. Une chanson rappelle cet événement. On l'entend souvent dans les rues et à la radio, et elle est une sorte d'hymne national :

> *De socle en socle*
> *Tu te promènes*
> *Javier Cruz-Valer*

Elle était perdue dans ses pensées, son sac de paille posé sur ses genoux. Au-dessus, Cruz-Valer, de son bras tendu et de son index de bronze, désignait un point à l'horizon. Je me suis approché d'elle :

— Vous vous faites du souci pour quelque chose ?

Elle ne répondait pas. Elle penchait la tête et fixait le sol. L'autre, là-bas, sur l'esplanade, raclait toujours *La vie en rose* de son archet meurtrier et cet air me rappelait Paris, comme il y a vingt ans la mystérieuse réflexion que j'avais entendue, derrière le mur trop mince d'un hôtel de Vienne.

— Il ne faut pas vous faire de souci...

J'ai levé mon index vers l'index de bronze de Cruz-Valer indiquant pour l'éternité un chemin à suivre, mais lequel ? Elle s'est retournée pour voir ce que je lui montrais.

> *De socle en socle*
> *Tu te promènes*
> *Javier Cruz-Valer...*

Je chantonnais le refrain sur un rythme encore plus lent que le vrai.

— Qu'est-ce que c'est, votre chanson ? a-t-elle demandé.

Elle avait sorti un mouchoir de son sac de paille et s'essuyait la joue d'un geste furtif. Une larme ? J'avais bien le sentiment qu'elle pleurait tout à l'heure, quand elle baissait la tête.

— Cette chanson ? C'est la chanson du pays...

Je me suis assis à côté d'elle, sur le rebord de pierre. Maintenant son visage était tout à fait lisse, sans le moindre froncement de sourcils, ni la moindre expression boudeuse. Et de nouveau, j'ai été frappé par la forme de son front, par ses yeux et le dessin de son arcade sourcilière. Des traits si

65

purs, on ne les rencontre peut-être qu'une seule fois dans sa vie, et moi je les avais déjà vus sur le visage de quelqu'un. Mais de qui ?

Elle me regardait droit dans les yeux.

— Vous ne pourriez pas m'aider ? a-t-elle dit.

Il faut croire que cette phrase revient comme un leitmotiv, tous les vingt ans, murmurée d'une voix sourde, ou sur le ton précipité d'un aveu. Moi aussi, je l'avais dite à quelqu'un qui marchait à mes côtés, une nuit, à Vienne.

— Vous ne pourriez pas m'aider ?

Je craignais de rentrer dans cette chambre d'hôtel, sans avoir assez d'argent pour la payer le lendemain et de suivre tout seul la Mariahilferstrasse où ne passait même plus un tramway vide. Ce genre d'aventure n'arrive que la nuit et toujours dans la même ville aux rues désertes et aux monuments qui se découpent sous la clarté froide de la lune. Statue de Javier Cruz-Valer ou colonne du Graben, peu importe.

— Dites-moi ce que je pourrais faire pour vous aider ?

Elle a haussé les épaules et elle m'a souri.

— Rien du tout. Je blaguais... Je peux très bien me débrouiller toute seule.

Nous avons de nouveau traversé l'esplanade. On avait rangé les tables et les chaises de la terrasse du

Lusignan et le café était éteint. Je l'ai accompagnée jusqu'à son hôtel.

La porte était fermée à cause de l'heure tardive. Elle a dû sonner et l'homme à la chemise de satin vert qui lui avait confisqué son passeport est venu ouvrir. Il m'a reconnu et m'a salué d'une inclination respectueuse de la tête.

Je possède des cartes de visite, un cadeau que m'a offert l'ancien chauffeur qui m'attend chaque soir à l'arrêt du tramway. Son frère est imprimeur. Sur le bristol, il est gravé en caractères bleu clair :

Jimmy Sarano
33, Mercedes Terrace
3ᵉ étage gauche.

Je n'ai jamais l'occasion de m'en servir. Je lui en ai glissé une dans la main.

— Si vous avez besoin de moi...

Elle a laissé tomber la carte de visite dans son sac de paille, elle m'a souri, et elle a franchi le seuil de l'hôtel. Le couloir n'était éclairé que par une lumière de veilleuse. L'homme à la chemise de satin vert a marché vers moi, le visage grave.

— Votre nièce fait monter des hommes dans sa chambre et ce n'est pas réglementaire... Il y en a un qui attend, là-haut... Vous comprenez, monsieur, qu'ici, c'est un hôtel de bonne réputation et non pas...

J'ai fouillé dans la poche de ma veste et je lui ai tendu un billet de cinq cents francs.

— Vous fermerez les yeux.

— Bien sûr, monsieur. Bonne nuit.

Et il a refermé lentement la porte.

Cette même nuit, j'ai été réveillé par plusieurs coups de sonnette, de plus en plus longs. J'ai enfilé un vieux peignoir. Sans allumer l'électricité, je me suis dirigé en titubant vers la porte.

— Qui est-ce ?

— Marie...

J'ai ouvert. Elle portait la robe verte de tout à l'heure mais elle n'avait pas son sac de paille. Elle est entrée et j'ai refermé la porte. C'était étrange de la voir ici. Le lampadaire, devant l'immeuble, sur Mercedes Terrace, jette une lueur blanche dans la chambre et le couloir de l'appartement et il éclairait bien son visage.

— Je me suis disputée avec mon ami...

Elle restait immobile. Elle fronçait les sourcils à cause de cette lumière blanche du lampadaire qui l'éblouissait. Elle s'est déplacée légèrement vers le mur, comme si elle voulait échapper au faisceau d'une torche électrique. Dans la pénombre, son visage est devenu lisse.

— A cause de ce voyage en Espagne ?

Elle ne m'a pas répondu. Et puis ce visage s'est rapproché. Tout glissait dans le silence et la douceur du demi-sommeil et du rêve. Sans doute parce que je n'avais pas allumé l'électricité et que

68

désormais la vie glisse sur moi, à la manière d'un film muet qui passerait au ralenti.

Elle était allongée sur le lit. Sa robe faisait une tache claire sur le parquet. Elle se serrait contre moi. Elle sentait l'un de ces parfums que l'on vend dans les souks près du Fort, mais qui, sur sa peau, avait une fraîcheur de lilas après la pluie.

Elle est partie très tôt, le matin. Je la regardais par la fenêtre marcher dans le soleil. Elle a dû prendre au passage le premier tramway qui descend du Vellado. Comme sur l'esplanade de Radio-Mundial, son ombre sur le trottoir était plus grande qu'elle. Je ne savais même pas si je la reverrais. Et maintenant, la brise océane efface la chaleur de la journée. A ces instants-là, je me dis que j'ai eu raison de venir habiter Mercedes Terrace. Le seul désagrément, c'est l'insecte en maillot de bain rouge dont la vue me cause un malaise mais je peux surmonter ce léger handicap.

Carlos Sirvent, à qui j'en parle quelquefois, me répète que son cousin occupe un poste très important dans la police de la ville et fermerait les yeux au cas où il arriverait un accident à l'auteur du *Chant funèbre pour Karl Heinz Bremer*. Je ferais semblant de nettoyer une arme à feu et le coup partirait... Mais je crains que les balles ne ricochent sur la peau de mon confrère, une peau aussi dure que le bois de teck.

Ce soir, il n'est pas seul à sa table, mais en compagnie d'un homme d'une quarantaine d'années, les cheveux courts, une mèche lui barrant le front, la tenue très soignée d'un dandy.

Mon confrère, lui, est enveloppé d'une djellaba blanche, sans doute en l'honneur de cet invité. Je les observe à la jumelle et je remarque, sur la table, un magnétophone. Il s'agit donc d'une interview. Je suppose qu'à Paris on a redécouvert cet écrivain oublié, que l'on croyait mort mais qui vivait une vie secrète dans ce port jadis célèbre pour ses résidents cosmopolites.

En bas, sur un banc de l'avenue Villadeval, d'où il peut surveiller la sortie de l'immeuble, le chauffeur fume une cigarette. Je lui ai demandé s'il voulait prendre un verre chez moi mais il a refusé. Il préfère rester en faction jusqu'à minuit, par conscience professionnelle. Et pourtant il sait que je ne sortirai pas ce soir.

Les autres ont achevé leur repas. L'insecte dévissait de temps en temps le couvercle d'un grand thermos, pour verser dans leurs verres à tous deux — des gobelets de camping — un liquide noir. L'élégant et vieux jeune homme à la mèche pousse le magnétophone vers mon confrère et celui-ci se cale sur sa chaise, après avoir ramené contre son buste, d'un geste de proconsul romain, la manche de sa djellaba. L'autre vérifie une dernière fois la bonne marche du magnétophone et l'entretien commence. L'insecte doit évoquer, d'une voix métallique et sans la moindre interruption — comme il le faisait au micro de Radio-Mundial —, ses œuvres et ses souvenirs.

70

Je m'allonge sur la terrasse de ma chambre et je contemple le ciel et les premières étoiles. J'appuie la nuque contre mes mains croisées. Voilà, j'ai retrouvé le calme et la légèreté. Tout à l'heure, il faudra que j'écrive un nouvel épisode des *Aventures de Louis XVII* mais cela n'est pas très difficile. J'ai acheté un lot de vieux romans d'aventures français en solde à la librairie de l'immeuble Edward's Storès et j'en recopie des chapitres entiers. Ainsi ai-je réalisé ce rêve : ne plus écrire, mais recopier.

J'ai allumé la radio et je me laisse bercer par les musiques de l'émission de variétés qu'entrecoupent mes *Appels dans la nuit*. De temps en temps, je tombe dans un demi-sommeil. Je dérive et je me raccroche au visage de cette fille — à ce front et à ces yeux qui m'apparaissent avec une précision étrange comme si je les avais toujours connus.

Le visage se détache maintenant sur un fond de velours bleu et je ne sais plus si je le vois dans mon sommeil ou si je suis encore éveillé.

J'entends la voix de Mercadié citer les noms des chevaux et des jockeys de mes *Appels dans la nuit* et la phrase qu'il répète à brefs intervalles : « Toute personne susceptible de nous donner d'autres détails sur ces sujets est priée de nous écrire. »

Je plonge à nouveau dans le sommeil et puis je remonte à la surface et le courant me porte doucement. Et ce visage est toujours là, sur le fond de velours bleu.

Oui, quelque chose d'identique dans le front et dans le regard. Mais ce visage est celui d'une

71

enfant que j'ai connue il y a longtemps. Son
prénom n'était-il pas : Marie — comme l'autre ?

Je me suis réveillé vers deux heures du matin. En
bas, sur l'avenue Villadeval, le banc était vide et
j'ai imaginé le chauffeur se levant à minuit juste, et
après avoir jeté un dernier regard en direction de
ma fenêtre, rentrant chez lui, la cigarette aux lèvres
et la satisfaction du devoir accompli. Il ne lui
restait plus qu'à consigner sur une feuille de
papier : ce soir, 17 juin, M. J. Sarano a passé la
soirée à son domicile.

Les deux autres étaient toujours assis sur la
terrasse, et comme à son habitude, tard dans la
nuit quand il prenait le frais, l'insecte en djellaba
avait disposé au milieu de la table une lampe à
pétrole. J'entendais sa voix aux stridences de
grillon et de temps en temps un mot qu'il articulait
plus fort résonnait jusqu'à mon balcon : Espagne...
Karl Heinz Bremer... Japon... Scarabées... Weimar... Matador de toros...

Un mur tendu de velours bleu. Et le visage de
cette enfant contraste si fort avec le velours usé...
Un visage radieux, bien que le regard soit traversé
par une ombre de tristesse. Mais oui, c'est dans
une loge de music-hall ou de théâtre — je ne sais
plus très bien quelle était l'appellation exacte de
cette salle de spectacle —, c'est dans la loge de sa
mère que je l'ai vue pour la première fois. Et son

72

visage qui se détache sur le fond de velours ressemble au visage de l'autre, cette Marie de l'hôtel Alvear. Au point que je me demande si elles ne portent pas le même prénom et si elles ne sont pas la même personne.

La salle de spectacle à la loge de velours se trouvait rue Fontaine. Oui, quand je suis sorti avec la petite, c'est bien sur le trottoir de la rue Fontaine que nous avons échoué. Il faisait nuit et nous avons descendu la rue jusqu'au café Gavarni. Pourquoi ce quartier a-t-il tenu un rôle dans ma vie ? J'avais passé mon enfance sur la rive gauche, à Saint-Germain-des-Prés... Rive gauche, Saint-Germain-des-Prés, rue Fontaine... Du haut de Mercedes Terrace où je suis maintenant, ces noms me paraissent exotiques et je dois me les répéter à voix basse pour me convaincre qu'ils n'appartiennent pas à une ville imaginaire. Ce soir-là, quand je descendais la rue Fontaine avec la petite, je n'ai pas pensé que cinq ans auparavant je marchais dans la même rue, en direction du même café Gavarni, et que je venais de quitter une autre loge de théâtre, à peu près semblable, sauf qu'elle n'était pas tendue de velours bleu : la loge de ma mère. Les deux salles étaient voisines, l'une du côté des numéros pairs et l'autre du côté des numéros impairs. En cinq ans, je n'avais fait que traverser la rue.

J'achevais mes devoirs de classe, comme tous les dimanches soir, au théâtre Fontaine, dans le bureau du directeur, Henri de la Palmira, après les avoir commencés dans la loge de ma mère. Le lendemain matin, il faudrait retourner au collège par le car de la Porte d'Orléans. Quelle pièce jouait ma mère au Fontaine ? Un vaudeville écrit par un soyeux lyonnais et sa maîtresse qui avaient loué le théâtre pour plusieurs mois et payaient les comédiens. On les appelait « monsieur et madame Lasurel » et peu leur importait que chaque soir, la salle fût déserte. De temps en temps, quelques-uns de leurs amis assistaient à une représentation. Ce dimanche, les fauteuils étaient vides, comme d'habitude, mais la pièce se déroulerait quand même — sans entracte — car telle était la volonté de ces riches commanditaires.

Ma mère est entrée en scène et, du bureau d'Henri de la Palmira, je l'ai entendue qui hurlait sa réplique :

— « Bonjour, famille unie dans la douleur !... »

J'ai déchiré mon devoir d'algèbre puis mon cahier de textes, puis l'ouvrage scolaire que je consultais et j'ai jeté le tout dans la corbeille d'osier d'Henri de la Palmira. Et j'ai pris cette décision irrévocable : désormais, il n'y aurait plus de collège, plus de car à la Porte d'Orléans, plus d'études, plus de baccalauréat, plus de service militaire. Plus rien.

Sur la pointe des pieds j'ai traversé les coulisses et la salle de théâtre vide. Au passage de cette ombre, ils se sont arrêtés de jouer, stupéfaits de la venue d'un spectateur. Mais j'étais déjà dans la rue.

J'ai hésité un instant : où aller ? Vers la droite ou vers la gauche ? Vers la place Blanche ou de l'autre côté ? J'ai choisi de descendre la pente de la rue.

Voilà, je n'avais plus aucune attache nulle part et la vie commençait pour moi. Je sentais la panique me gagner. Je devais me retenir pour ne pas aborder le premier passant et lui dire :

— Est-ce que vous pourriez m'aider ?

D'un pas que je m'efforçais de rendre de plus en plus lent, j'ai descendu et remonté toutes les rues du quartier. Et puis, la panique s'est dissipée. J'ai décidé de m'asseoir sur un banc, au début de l'avenue Frochot, et de fumer une cigarette. Je regardais l'entrée du Théâtre en Rond. La secrétaire d'Henri de la Palmira, une blonde qui m'aimait bien, me racontait qu'elle avait été danseuse dans ce théâtre, du temps où il s'appelait Le Shanghai. J'ai allumé une deuxième cigarette, mais j'avais mal au cœur. Je lisais et relisais l'affiche de la pièce que l'on jouait ce soir-là, au Théâtre en Rond : *Ouragan sur le Caine*.

Je me suis levé et j'ai marché au hasard. Rue Victor-Massé. Rue de Douai, le petit restaurant où m'emmenait quelquefois déjeuner, le dimanche, avant le spectacle de matinée, Henri de la Palmira. Il s'était pris d'affection pour moi, sans doute parce que je l'écoutais, les yeux écarquillés, raconter ses vieilles histoires de gentilhomme de Pigalle.

75

Ce restaurant — m'avait-il dit — c'était l'ancien Fanfan-Bar de Jo le Catch et de Paul Milani. Jo le Catch, c'était celui qui avait tué, une nuit à La Varenne, Robert Moura du Chapiteau. Et Robert Moura, mon petit Jean, c'était... Rue Fontaine, en passant devant le théâtre, j'ai remarqué le chien labrador blond d'Henri de la Palmira. Il traversait le hall d'entrée, s'arrêtait sur le seuil et humait l'air. D'une démarche placide, tournant la tête, tantôt à droite, tantôt à gauche, il se dirigeait vers moi, l'allure d'un touriste qui visite le quartier.

La pharmacie était encore ouverte au bas de l'immeuble en forme de proue. Le labrador et moi, nous avons contemplé un moment sa vitrine éclairée d'une lumière verte. Puis nous avons franchi le carrefour et nous nous sommes séparés : il a continué de descendre la rue Fontaine, et je suis entré au café Gavarni.

Ma mère était assise au fond de la salle, en compagnie de Max Montavon, un comédien qui jouait dans la pièce. A une table voisine, une autre comédienne de la distribution, une Marseillaise brune et bouclée, se tenait en face d'un homme à la lippe et au visage rouge de commissionnaire en viandes. Je me suis assis entre ma mère et Max Montavon.

— Où étais-tu ? a dit ma mère.

— Je me promenais dans le quartier.

— Tu n'as pas perdu ton vieux blouson de daim ?

Depuis quelques semaines, ce vieux blouson de

76

daim trop petit pour moi et à la fermeture Éclair hors d'usage était son unique préoccupation. Nous l'avions trouvé dans un placard du théâtre, où il attendait depuis vingt ans. Je n'osais pas lui dire que je l'avais remis sur son cintre, dans le placard. Il achève peut-être d'y pourrir aujourd'hui.

— Tu me promets que tu as toujours ton vieux blouson de daim ?

Son regard se noyait dans une expression d'angoisse insoutenable. Le sort du monde était suspendu à ce vieux blouson de daim. En dehors de lui, rien ne comptait plus.

— Tu ne vas pas me dire que tu as perdu ton vieux blouson de daim ? Réponds !... Où est ton vieux blouson de daim ?

Max Montavon paraissait étonné qu'un blouson de daim jouât un rôle aussi important. Mais plus l'angoisse est aiguë, plus elle se fixe sur un détail dérisoire, jusqu'à un point d'incandescence.

— Tu as perdu... ton vieux blouson de daim ?

Cette fois-ci, le ton montait, la bouche se tordait dans un rictus douloureux. Il fallait, au plus vite, crever l'abcès.

— Non... Non... ai-je balbutié. J'ai toujours mon vieux blouson de daim.

— Tu me le jures ?

— Je te le jure.

Alors, la terre pouvait continuer de tourner.

— Tu devrais manger une bonne entrecôte, a dit ma mère.

Elle a commandé l'entrecôte :

— Pour mon fils, a-t-elle lancé d'une voix éclatante au serveur.

Et puis ils ont parlé, Max Montavon et elle, de l'avenir incertain de la pièce.

— Je ne sais pas jusqu'à quand monsieur et madame Lasurel tiendront le coup, a dit Max Montavon. Je les ai rencontrés hier soir... Ils avaient l'air de vouloir faire toute la saison...

Moi aussi, je les avais aperçus, ce soyeux et sa maîtresse beaucoup plus jeune que lui. Elle l'avait entraîné dans cette aventure théâtrale, loin de Lyon. En somme, il était devenu vaudevilliste à cause du démon de midi.

— J'ai vu quelqu'un qui sortait du théâtre tout à l'heure..., ai-je dit.

— Mais non... Il n'y avait personne dans la salle, a dit Max Montavon.

— Si... Si... Il y avait un spectateur.

— Tu es sûr ? a demandé ma mère.

— Qui ? a demandé Montavon. Un critique ?

Le metteur en scène avait conseillé à madame et monsieur Lasurel de ne pas inviter de critiques à leur générale sous le prétexte que les critiques étaient méchants.

— Alors, qui était-ce ? a répété Montavon.

— Dis-nous qui était ce spectateur ? a demandé ma mère.

— Le chien d'Henri de la Palmira. Et il portait mon vieux blouson de daim...

78

Et je me retrouvais dans ce même Gavarni avec la petite.

Elle a bâillé, et d'un geste gracieux elle a mis une main devant sa bouche. Il était tard.

— Qu'est-ce que tu veux boire ?

— Une grenadine, a dit la petite.

Elle se tenait très droite et elle avait un beau port de tête.

— Tu n'es pas trop fatiguée ?

— Non.

Je sentais bien qu'elle tombait de sommeil. Quelle drôle d'idée avait sa mère de la faire venir dans sa loge, le soir, sous prétexte qu'elle ne la voyait pas pendant la journée... J'étais très jeune, en ce temps-là, mais j'avais la vague intuition que ce n'est pas de cette manière qu'on élève les enfants. Je m'étais permis de le dire, une fois, à Rose-Marie.

— Mais non, mon petit Jean... Ça l'amuse de rester dans ma loge... Moi aussi, à son âge, je me couchais tard...

La petite buvait sa grenadine à l'aide d'une paille. Le Gavarni était désert à cette heure-là et rien n'avait changé depuis cinq ans : ni les banquettes de moleskine rouge, ni les murs verts, ni les photos des artistes derrière le bar. L'établissement ne semblait guère avoir connu de période de faste, depuis l'époque où nous le fréquentions, ma mère, Max Montavon et moi.

— Tu n'es pas obligée de boire jusqu'au bout...

Mais si, elle avait bu jusqu'à la dernière goutte en aspirant sur sa paille collée contre le fond du verre. Et elle souriait.

Il était inutile de la ramener dans la loge de sa mère. Rose-Marie ne rentrerait pas tout de suite. Elle irait souper quelque part. Il valait mieux que je l'accompagne chez elle et que je la mette au lit, comme j'en avais pris l'habitude.

Elle attendait que je donne le signal du départ, le buste droit, en s'efforçant de garder les yeux grands ouverts.

Nous quittions le Gavarni et nous rentrions à pied tous les deux par Blanche, le boulevard de Clichy, le Gaumont-Palace et le pont Caulaincourt.

La brise qui vient de la mer caresse les palmiers de l'avenue Villadeval et rafraîchit mon front. Les deux autres, sur la terrasse, ont rapproché leurs visages qu'éclaire la lampe à pétrole. Peut-être mon confrère récite-t-il au journaliste l'une des strophes de son *Chant funèbre pour Karl Heinz Bremer* que j'ai pu lire sur les pages jaunies de ce volume acheté en solde ?

> *Je pense aux amis disparus*
> *Je pense à toi Karl Heinz Bremer...*

Pauvre Bremer. Pauvre vieil insecte en djellaba qui mouline ses souvenirs. Pauvre passé poussiéreux. Pauvre quartier aux loges de théâtre tendues d'un velours râpé.

Rose-Marie était à l'unisson d'un tel décor. Voilà une pensée qui ne m'aurait jamais effleuré à l'époque. J'avais vingt ans. Aujourd'hui, je comprends que cela marquait le début du déclin pour elle de travailler rue Fontaine dans un établissement qui se voulait l'équivalent du Lido des Champs-Élysées mais qui ne l'était même pas. Elle y gâchait sa voix et sa grâce de danseuse. Et il me semble que c'était quelqu'un d'autre que moi qui l'attendait pendant des heures, après avoir couché la petite, ou qui restait assis, dans la loge tendue de velours bleu, ou qui essayait, par tous les moyens, d'attirer son attention.

Ma sollicitude envers la petite n'avait pas la pureté et le désintéressement que je serais tenté d'y voir aujourd'hui. Non. Je pensais que, grâce à sa fille, je pénétrerais d'une manière définitive dans l'intimité de Rose-Marie. Si je veillais sur cette enfant à la manière d'un père ou d'un grand frère, je tisserais, entre Rose-Marie et moi, des liens privilégiés et j'aurais ainsi un avantage sur les autres.

Je me rappelle le jour où l'idée de remplir le rôle d'ange gardien auprès de sa fille m'est apparue comme un dernier recours, le seul moyen de ne pas perdre Rose-Marie. J'attendais sur une banquette dans le petit salon du Moncey Hôtel, rue Blanche, et je savais qu'elle était en compagnie de quelqu'un, là-haut dans sa chambre. Elle la louait en permanence pour avoir un refuge plus proche du théâtre que son domicile et, souvent, elle y passait la nuit.

Une fin d'après-midi ensoleillé. Par l'une des fenêtres entrouverte du petit salon, un courant d'air agitait le rideau de tulle. Je me disais que jamais plus elle ne me laisserait monter dans sa chambre.

Je regardais ce rideau de tulle qui se gonflait, puis la table basse où étaient empilés des magazines, et le tableau accroché au mur : un paysage de Provence. Avec qui était-elle ?

Ce soir, elle ne voudrait même plus que j'entre dans sa loge. Celui qu'elle avait entraîné là-haut occuperait le fauteuil de cuir défoncé où je m'asseyais d'habitude. Je ne la reverrais plus. Alors, le visage de la petite, sa manière de se tenir droite et de boire une grenadine se sont imposés à moi.

Je suis sorti du Moncey Hôtel et j'ai marché au hasard. Je préparais les phrases que je dirais à Rose-Marie. Celui qui était avec elle, je l'imaginais toujours dans le fauteuil de cuir défoncé de la loge. Rose-Marie m'empêchait d'entrer. Elle poussait la porte, et elle me disait dans l'entrebâillement : « Au revoir mon petit Jean. » Et moi, en peu de mots, je devais la persuader de me laisser m'occuper encore de sa fille.

J'arrivais au début de l'avenue Frochot. C'est étrange comme nos pas nous entraînent toujours aux mêmes endroits. Mais le présent me causait trop d'inquiétude pour que je me rappelle le soir où j'avais quitté le théâtre Fontaine après avoir décidé de me lancer seul dans la vie.

Avenue Villadeval il fait jour et je suis presque reconnaissant à mon confrère en djellaba de se trouver fidèle au poste, sur sa terrasse. Le journaliste range son magnétophone dans un étui marron : l'entretien aura donc duré une dizaine d'heures et je ne peux m'empêcher de scruter leurs visages à la jumelle. Celui de mon confrère ne laisse paraître aucune fatigue. Non, rien n'altère cette face bronzée, en bois de teck. La mèche du journaliste, qui lui barrait élégamment le front, pend maintenant sur son nez. Ses joues sont ombrées d'un début de barbe, et son blazer déboutonné.

Mon confrère lui désigne de l'index le magnétophone, et je devine, à l'expression hagarde du journaliste, qu'il lui propose de vérifier tout l'enregistrement de l'interview. Plusieurs cassettes sont éparpillées sur la table et mon confrère les empile les unes sur les autres. Si le journaliste accepte d'écouter ces cassettes, cela durera jusqu'au soir. Apparemment, il réussit à le convaincre de la difficulté de l'entreprise, car mon confrère hoche la tête.

D'une démarche titubante, le vieux jeune homme à la mèche se dirige vers l'autre bout de la terrasse, s'accroupit et fouille dans un grand sac de voyage, d'où il tire un appareil photographique. Il s'arrête, face à mon confrère. Sa mèche tombante, ses joues hâves et son blazer déboutonné lui donnent l'allure d'un élève de l'École nationale d'administration qui a passé la nuit dans un mauvais lieu. Il photographie mon confrère en choisissant, chaque fois, un angle différent. D'après les poses de celui-ci, je remarque qu'il veut toujours être de profil, le menton légèrement tendu en avant, les mâchoires serrées tel qu'il figurait, il y a cinquante ans, dans son album *Grèce et Japon*, en contre-jour, sur un fond de colonnades et de cyprès.

La séance de photos dure environ une demi-heure et ne semble pas du tout fatiguer mon confrère. Aucun fléchissement dans ses poses hiératiques.

Maintenant, il se penche au balcon de la terrasse, mais il garde le profil haut et le journaliste prend une dernière photo. A son tour celui-ci s'accoude au balcon. En bas, le trottoir de gauche de l'avenue Villadeval est inondé de soleil et le premier tramway du matin — le vieux tramway jaune — descend en branlant de toute sa carcasse vers le port.

Le journaliste baisse la tête et la relève. Tout à coup je devine que son regard se pose sur moi, qui me tiens debout au bord de ma terrasse, à une dizaine de mètres de lui, de l'autre côté de l'avenue. Il se penche pour mieux me voir, et je l'observe à la jumelle. Il a l'air stupéfait. Il m'a sans doute reconnu. S'il a décidé d'exhumer mon confrère, cela témoigne d'une belle vocation d'antiquaire ou d'archéologue. Par conséquent, il doit connaître mes ouvrages qui ne datent que de dix ans.

Il me désigne à mon confrère. Nous nous

sommes déjà croisés dans l'avenue Villadeval, mais c'est la première fois que son regard me rencontre. Il hausse les épaules. Non, il ne me connaît pas. L'autre me fixe toujours, les yeux ronds. Je rentre dans ma chambre.

Vous faites erreur. Vous me prenez pour un autre. Moi, je m'appelle Jimmy Sarano.

Dix heures du matin. Peu importait si je n'avais pas travaillé la veille aux *Aventures de Louis XVII*. J'étais toujours en avance d'un épisode sur l'émission de Carlos Sirvent. Mais, par conscience professionnelle, j'irai cet après-midi même à Radio-Mundial dans le bureau de Carlos rédiger un chapitre de mon feuilleton, que je remettrai dans les délais prévus.

J'ai pris le tramway qui descend à la plage, et j'ai suivi à pied un sentier, à travers les eucalyptus, jusqu'au Club Brooks. Personne au bord de la piscine. Des feuilles de nénuphars flottaient à la surface d'une eau plus claire que d'habitude. On avait dû la renouveler quelques jours auparavant.

J'ai gravi l'escalier du plongeoir dont la peinture n'était plus écaillée mais d'une belle teinte gris perle. Du haut de celui-ci, j'ai sauté, comme du temps de mon enfance.

J'ai nagé le crawl jusqu'à l'une des extrémités de la piscine et, ensuite, jusqu'à l'autre. Cela s'appelait « faire deux longueurs ». .Ce terme m'était brusquement revenu à l'esprit. Oui, je n'avais pas nagé le crawl depuis vingt ans, au moins. Quand je me suis allongé sur ma serviette pour me sécher au soleil, j'ai retrouvé la même sensation de bien-être que j'éprouvais vingt ans auparavant à la piscine du Pecq. J'avais connu là un certain Gérard qui passait ses journées à prendre des bains de soleil et à faire « des longueurs ». Il portait un maillot de bain léopard. Nous parlions de nos projets et je lui avais confié que je voulais écrire. « Mais mon vieux, m'avait-il dit, tu vas te ruiner la santé. »

Dieu sait ce qu'avait pu devenir Gérard... Il aurait été tout à fait à son aise avec son maillot de Tarzan au bord de cette piscine qu'entouraient des eucalyptus et des lauriers-roses... J'avais lu quelque part que l'on a du mal à se souvenir du timbre des voix de ceux qui ont disparu de votre vie. Eh bien non, j'entendais encore la voix rauque, un peu gouailleuse de Gérard : « Mais mon vieux, tu vas te ruiner la santé. » Si proche, cette voix sous le soleil de onze heures du matin, que les vingt dernières années étaient d'un seul coup abolies.

Là-bas, un homme en maillot de bain et en chemise à fleurs repeignait la porte d'entrée de l'ancienne salle de restaurant du Brooks. Un poste transistor, par terre, à côté de lui, diffusait une chanson mexicaine que je connaissais bien :

Ay jalisco no te rajes...

Et je guettais l'annonce qui marquerait d'ici quelques minutes la fin de l'émission : « Vous venez d'écouter le quart d'heure de variétés de Carlos Sirvent. Dans un instant, la suite de notre programme sur Radio-Mundial. »

Il s'était arrêté de peindre et fumait une cigarette. Je me suis approché de lui :

— Vous remettez tout à neuf ?

— Il faut bien.

J'ai reconnu celui qui se tenait toujours derrière le bureau, à l'entrée, quand la piscine et le restaurant fonctionnaient encore.

— Le Club va rouvrir ? lui ai-je demandé.

— Non.

Et il a eu une légère crispation de la bouche, comme si cette réponse lui était douloureuse.

— Mais vous refaites quand même la peinture ?

Il m'a désigné les grands fauteuils à roulettes, au bord de la piscine. Depuis quelques mois, j'avais remarqué qu'ils se détérioraient de plus en plus et que leurs matelas commençaient même à pourrir. Ils avaient été repeints et paraissaient neufs : les matelas avaient été remplacés par d'autres, aux rayures blanches et vertes.

Il m'a considéré un instant en silence.

— Vous vous demandez certainement à quoi ça sert, puisque le Brooks, c'est fini...

— Mais non, lui ai-je dit. Ça peut recommencer.

— Les choses ne recommencent jamais, monsieur.

Il a balayé d'un regard la piscine, le bâtiment

blanc de style californien du restaurant, le chemin dallé qui menait à travers les eucalyptus et les pins parasols jusqu'à la plage.

— C'est une question de principe. Tant que je serai là, je veillerai dans la mesure du possible à ce que les choses ne se dégradent pas trop ici.

Il s'est penché pour baisser le volume du transistor qui diffusait toujours les chansons mexicaines avec leur accompagnement de trompettes — chansons pour lesquelles Carlos Sirvent éprouvait une telle prédilection qu'il en surchargeait ses programmes.

— Et tant que les choses ne se dégradent pas trop ici, j'ai l'impression que je ne me dégrade pas moi-même.

— J'aimerais bien suivre votre exemple, lui ai-je dit.

Il a paru flatté. Il me dévisageait.

— Je vous ai vu quelquefois ici.

— Oui.

— Si je ne laisse pas tout se dégrader ici, c'est un peu en pensant aux anciens clients. Je crois qu'ils n'auraient pas aimé voir le Brooks se dégrader.

Et de nouveau, il enveloppait d'un regard circulaire la piscine, le plongeoir, les massifs d'eucalyptus et de lauriers-roses.

— Question de principe, monsieur. Vous comprenez? Les anciens clients...

Oui, elle était touchante cette fidélité pour un monde et des êtres disparus. Je comprenais ce sentiment. Un jour les aînés ne sont plus là. Et il faut malheureusement se résoudre à vivre avec ses contemporains.

J'avais suivi le chemin dallé et je m'étais assis à l'ombre des eucalyptus, en bordure de la plage où flottait une légère brume de chaleur. Un sac de paille était posé sur le sable, à une cinquantaine de mètres devant moi. Et, à côté, une grande serviette de bain rouge.

Son sac à elle était exactement de cette forme et de cette taille. J'ai parcouru du regard la plage déserte et la surface de la mer mais je ne voyais personne. Le bourdonnement paisible d'un moteur d'avion m'a fait lever la tête : un avion de tourisme d'un modèle ancien, ou peut-être l'un des appareils de l'Aéropostale, oublié depuis un demi-siècle dans un hangar, avec tous ses sacs de courrier et qu'un pilote avait décidé de mener enfin à destination.

Je clignais les yeux à cause de la réverbération du soleil sur la mer. Mais j'ai distingué deux têtes qui dépassaient de l'eau étale. Quelqu'un nageait vers la plage et se laissait flotter jusqu'au bord de l'eau pour éviter de marcher sur les galets et les petits rochers qui vous obligent à porter des sandales de caoutchouc quand vous vous baignez trop près du rivage.

Elle est sortie de la mer et je l'ai tout de suite reconnue dans son maillot de bain bleu ciel.

91

L'avion de l'Aéropostale est passé lentement au-dessus de la plage et elle a levé la tête, elle aussi, dans sa direction. Elle était debout, à côté de son sac de paille et de la serviette de bain rouge, et en baissant la tête, elle m'a vu, juste en face d'elle, là-bas, à l'ombre des eucalyptus.

Elle s'est tournée vers la mer, pour vérifier si la personne qui se baignait avec elle — l'Anglais du Lusignan? — nageait toujours. Oui, il avançait à la surface de l'eau, par bonds successifs.

Elle m'a fait un signe du bras, auquel j'ai répondu, mais je suis resté immobile. Elle ne bougeait pas elle non plus. Elle m'a désigné l'homme qui nageait la brasse papillon et qui portait un maillot rouge vif, du même ton que celui de la serviette de plage. Et ce rouge trop éclatant contrastait avec le bleu ciel de son maillot de bain à elle, la blondeur de sa peau et de ses cheveux qu'adoucissait encore la brume de chaleur.

Elle s'est rapprochée de quelques pas et je voyais ses lèvres bouger, mais le bourdonnement de l'avion de l'Aéropostale qui passait de nouveau au-dessus de nous, à très basse altitude, étouffait sa voix.

Le bourdonnement a décru, l'avion a effectué une large courbe et il a glissé vers l'horizon. J'ai entendu :

— A bientôt !

Et de nouveau, elle me faisait un grand signe du bras, juste avant que l'Anglais du Lusignan ne sorte de l'eau dans son maillot rouge et vienne la rejoindre.

L'avion de l'Aéropostale n'était plus qu'un point dans le ciel. J'imaginais tous ces sacs de lettres aux timbres périmés depuis cinquante ans. La plupart de leurs destinataires étaient morts comme ceux qui les avaient envoyées et les adresses, sur les enveloppes, aussi périmées que les timbres. Et pourtant quelques rares personnes encore vivantes recevraient ces lettres et, à leur grande surprise, elles auraient entre les mains un morceau intact de leur jeunesse, un météorite tombé d'une planète disparue voilà une éternité.

Je m'étais reculé, et le tronc d'un eucalyptus me protégeait de leurs regards. Il était étendu sur le dos, et il avait mis des lunettes de soleil. Elle lui avait laissé la serviette de bain, et elle était allongée à même le sable, sur le ventre, à côté de lui. Elle appuyait son menton sur ses mains, et ses coudes sur son sac de paille renversé, et elle regardait en direction du massif d'eucalyptus. Peut-être essayait-elle de me voir dans cette zone d'ombre. Ou peut-être pensait-elle à autre chose. Ou à rien.

Ils sont restés au soleil jusque vers une heure de l'après-midi. Ils se baignaient de temps en temps, et venaient s'allonger de nouveau sur le sable. Elle a enfilé la robe verte, très légère, qu'elle portait l'autre nuit, et l'Anglais, son blue-jean délavé. Et ils ont marché sur la plage, en direction du Fort.

Pour moi aussi il était l'heure de quitter l'ombre des eucalyptus, si je voulais finir, cet après-midi, à Radio-Mundial, le nouvel épisode de mon feuilleton. Je les ai suivis à une cinquantaine de mètres de distance. Elle portait son sac en bandoulière, comme d'habitude, et lui, la serviette de bain rouge sur son épaule gauche. Ils marchaient tous les deux d'une allure nonchalante, au bord de la mer, là où le sable est lisse et mouillé, sans doute pour éviter que leurs pieds nus ne soient blessés par les coquillages ou même par les vieilles boîtes de conserve rouillées qui se dissimulent quelquefois sous le sable.

Le soleil tapait très fort et je me suis protégé en usant de ma serviette de bain comme d'un turban. Eux, ils ne paraissaient pas souffrir de la chaleur : ils marchaient tête nue, toujours de leur allure tranquille. Je suis demeuré un instant à l'ombre d'un massif de lauriers-roses, à la lisière du jardin d'une villa où habitait l'un des directeurs de Radio-Mundial. De ce jardin, un soir, avec Carlos Sirvent, nous avions assisté à un beau coucher de soleil. Leurs silhouettes allaient bientôt disparaître dans la brume de chaleur. Il n'y avait plus que deux taches : celle de la serviette rouge, sur l'épaule de l'Anglais, et la tache verte de sa robe à elle.

J'étais à mi-chemin du Fort. J'ai dû chausser mes espadrilles car le sable me brûlait.

Je suis passé devant la plage privée de l'hôtel Sindbad. Les clients s'abritaient du soleil sous de grandes paillotes polynésiennes. Autour d'un bar en plein air, quelques tables avec des parasols. On y déjeunait et j'entendais un murmure confus, des bouffées d'anglais, d'espagnol et d'allemand. Seule une table, à l'écart des autres, n'avait pas de parasol et deux hommes l'occupaient : mon confrère de Mercedes Terrace et le vieux jeune homme au blazer.

Comment pouvaient-ils être assis en plein soleil ? J'admirais leur courage : le vieux jeune homme s'épongeait le front et ramenait sa mèche en arrière à l'aide d'un mouchoir. Mon confrère ne semblait pas souffrir de la chaleur : il se tenait très raide dans un costume de toile blanche que je ne lui avais jamais vu et qui s'harmonisait avec la frange argentée de ses cheveux et le hâle de son visage. Je devinais que son front à lui était vierge de la moindre goutte de sueur. Le bois de teck ne transpire pas. Leurs deux silhouettes se découpaient nettement sous le soleil. Le costume de l'un et le blazer de l'autre étaient d'un blanc et d'un bleu si brillants qu'ils m'éblouissaient et que j'ai mis mes lunettes de soleil. Figé à quelques mètres de leur table, je ne les quittais pas des yeux.

Le vieux jeune homme en blazer m'a repéré, sans doute à cause de ma taille et de ma serviette-éponge que j'avais coiffée en turban. Il s'est penché vers mon confrère pour lui chuchoter quelques mots et il s'est levé. Il marchait vers moi.

95

J'ai pressé le pas. Il fallait bien que je me rende à l'évidence : il me suivait. Il portait un pantalon gris foncé et des mocassins, et cette tenue, à une heure de l'après-midi, sur la plage écrasée de soleil, me donnait l'envie de venir à sa rencontre et de lui taper sur l'épaule pour m'assurer qu'il n'était pas un mirage. Mais j'ai commencé à courir.

Il courait lui aussi derrière moi. A-t-il trébuché ou s'est-il foulé la cheville dans le sable ? Il est tombé de tout son long. J'ai fait demi-tour et je l'ai aidé à se relever.

— Vous êtes bien Jean Moreno ?

— Vous faites erreur.

— Mais si... Vous êtes Jean Moreno...

Il s'appuyait à mon bras. Maintenant qu'il était debout, je n'avais plus aucune raison de rester avec lui. Il fallait à tout prix que je me dégage.

— Ne me racontez pas d'histoires... Vous êtes Moreno...

Il reprenait son souffle et ne me lâchait pas le bras.

— Vous êtes Moreno...

Jusqu'à quand répéterait-il ce nom qui avait été le mien et que je n'avais pas entendu prononcer depuis si longtemps que sa sonorité m'intimidait ?

J'ai secoué le bras pour m'arracher à son emprise. Sa mèche lui collait à l'arête du nez. Son visage était inondé de sueur et son blazer complètement déboutonné.

— Mon nom est Jimmy Sarano, lui ai-je dit d'une voix douce, comme si je m'excusais.

— Vous ne voulez pas m'accorder un entretien?

Il ne me croyait pas. Il avait reboutonné son blazer et s'épongeait le front. J'hésitais à lui fausser compagnie d'une manière brutale.

— Un entretien à quel sujet?

— Au sujet de vous. Je fais de grands papiers dans un magazine.

— De grands papiers?

J'ai mis quelques secondes à comprendre car j'avais perdu l'habitude de certaines expressions françaises.

— Ah oui... De grands papiers...

— De grands papiers sur les villes où il se passe quelque chose : Panama, Tanger, Mexico, New York, Calcutta... Je ne savais pas que vous viviez ici... J'aimerais que vous me disiez pourquoi vous vivez ici... Vous êtes Jean Moreno... Vous habitez à Mercedes Terrace?

Voulait-il me faire comprendre que je ne pouvais pas lui échapper, puisqu'il connaissait mon adresse?

— Vous écriviez des livres il y a très longtemps. Je me souviens vaguement de vous...

J'avais repris ma marche à grands pas. Mais il me suivait toujours.

— Le vieux que vous interviewez est un écrivain, n'est-ce pas? lui ai-je demandé en me retournant vers lui.

— Le vieux?

Il a eu un petit rire supérieur.

— Le vieux — comme vous dites — est en ce

97

moment très à la mode à Paris. On le redécouvre. On réimprime tous ses livres. C'est un peu grâce à moi. J'ai fait un grand papier sur lui, il y a un an. Vous n'avez pas l'air d'être au courant...

Non, je n'étais pas au courant, et pour employer une expression de mon collègue Mercadié, nous avions tous, à Radio-Mundial, « perdu le contact » avec nos pays d'origine, et peut-être avec le monde. Tant mieux si l'homme qui avait écrit *Panthères et Scarabées, Aus dem spanischen Süden* et *Marbres et Cuirs* jouissait d'un regain de faveur, mais cela ne me concernait plus. Et puis, le secret de la durée de ce vieil immortel à travers le siècle, ce devait être l'absence totale d'un organe qui se fatigue très vite : le cœur.

Il essayait de me retenir en m'agrippant l'épaule.

— Vous ne voulez pas que je fasse la même chose pour vous que pour lui ? Que je remette vos livres à la mode ?

J'avançais. Il ne me lâchait pas.

— Je vais vous poser une question indiscrète... Vous étiez bien dans la voiture la nuit de l'accident ? Vous voyez, je suis au courant... J'ai beaucoup de mémoire pour ce qui concerne les faits divers... Alors, vous étiez dans la voiture ? Il y a prescription maintenant et je peux vous fournir l'occasion de dire la vérité... C'était un crime ou tout simplement un cas banal de non-assistance à personne en danger ?

Le ton de sa voix était celui de la curiosité

mondaine, comme s'il voulait savoir si j'avais assisté au Grand Prix de Longchamp.

— Taisez-vous, lui ai-je dit.

J'ai continué de marcher... Cette fois-ci, il ne bougeait plus. Je me suis retourné de nouveau. J'ai repris mon souffle :

— Si vous visitez encore des villes « où il se passe quelque chose », envoyez-moi des cartes postales...

Il était debout, immobile, au milieu de la plage, les bras ballants dans son blazer, son pantalon gris et ses mocassins américains. De temps en temps, je me retournais pour bien vérifier s'il ne marchait pas derrière moi. Non. Il avait renoncé à suivre les traces de Jean Moreno qui se perdaient dans les sables et j'avais la sensation de briser le dernier lien qui me rattachait encore à moi-même.

J'avais ôté mes lunettes de soleil car la sueur dégoulinait de mon front, et je m'essuyais le visage avec un bout de la serviette-éponge qui me servait de turban.

Quand je suis arrivé à une distance d'où il ne pouvait plus me rattraper, je me suis arrêté. Il n'avait pas bougé, il se tenait toujours dans la même position. Le bleu de son blazer, sous le soleil, m'éblouissait, je ne voyais plus que ce bleu scintillant, et j'ai pensé qu'en définitive, au bout d'un certain temps et à partir d'une certaine distance, il ne reste plus — hélas — que des taches de couleur.

Le soleil tapait si fort que je sentais la pierre brûlante, malgré la semelle de mes espadrilles, en traversant la place du Marché. Je me suis abrité à l'ombre de la statue de Javier Cruz-Valer. Encore une centaine de mètres et j'atteindrai l'arrêt du tramway, là-bas, en bordure de l'avenue. Mais je voulais d'abord que sèche la sueur qui m'inondait le visage et collait ma chemise à ma peau.

Ainsi, j'étais revenu dans l'ombre protectrice de Cruz-Valer, à cet endroit même où, l'autre nuit, je m'étais arrêté avec cette Marie de l'hôtel Alvear qui portait comme tout à l'heure sa robe verte. Une sorte de complicité me liait à Cruz-Valer, dont l'index était pointé — me semblait-il — en direction de la plage comme s'il m'intimait l'ordre de retourner sur cette plage et d'y rejoindre le vieux jeune homme en blazer. Oui, bien sûr, nous aurions pu lui et moi évoquer le passé, mes anciens livres, et je lui aurais demandé quelques nouvelles de la France et de Paris. Il m'aurait même présenté mon confrère, au restaurant de l'hôtel Sindbad, et nous aurions poursuivi tous les trois une conversation en buvant cette eau minérale un peu lourde... Mais j'étais seul, par quarante degrés à l'ombre, au pied d'une statue de bronze.

Devant moi, l'esplanade du Fort, déserte. Pas une seule table à la terrasse du café Lusignan. Personne. Pas un bruit. Une ville morte sous le soleil. Et cette angoisse à l'idée de traverser la distance qui me séparait de l'arrêt du tram,

100

d'attendre encore ce tram une demi-heure peut-être, et de me retrouver sur les sièges de cuir brûlants, et plus tard au milieu de l'autre esplanade, devant Radio-Mundial, là où se dresse le socle abandonné par Cruz-Valer...

La sensation de vide m'a envahi, encore plus violente que d'habitude. Elle m'était familière. Elle me prenait, comme à d'autres des crises de paludisme. Cela avait commencé à Paris, lorsque j'avais environ trente ans. Les dimanches d'été, en fin d'après-midi, à l'heure où l'on entend le bruissement des arbres, il y avait une telle absence dans l'air... De tout ce que j'ai pu éprouver au cours des années où j'écrivais mes livres à Paris, cette impression d'absence et de vide est la plus forte. Elle est comme un halo de lumière blanche qui m'empêche de distinguer les autres détails de ma vie de cette époque-là et qui brouille mes souvenirs. Aujourd'hui, je sais la manière de surmonter ce vertige. Il faut que je me répète doucement à moi-même mon nouveau nom : Jimmy Sarano, ma date et mon lieu de naissance, mon emploi du temps, le nom des collègues de Radio-Mundial que je rencontrerai le jour même, le résumé du chapitre des *Aventures de Louis XVII* que j'écrirai, mon adresse, 33, Mercedes Terrace, bref, que je m'agrippe à tous ces points de repère pour ne pas me laisser aspirer par ce que je ne peux nommer autrement que : le vide.

Mais cette fois-ci, j'avais beau répéter à voix haute : je m'appelle Jimmy Sarano, je suis né le

20 juillet 1945 à Boulogne-Billancourt, France, je dois aller cet après-midi à Radio-Mundial où je retrouverai mes collègues Carlos Sirvent, Mercadié, Jacques Lemoine ; j'écrirai dans le bureau de Sirvent un nouveau chapitre des *Aventures de Louis XVII* ; ce soir, je rentrerai chez moi par le tramway ; le chauffeur de l'Américaine m'attendra à l'arrêt du Vellado ; nous marcherons le long de l'avenue Villadeval ; je regagnerai mon domicile, 33, Mercedes Terrace... J'avais beau répéter cela de plus en plus fort, ma voix, mes activités quotidiennes, ma vie se diluaient dans le silence et le soleil de cette ville morte.

En dernier recours, j'ai fini par répéter : « C'est l'heure de la sieste. C'est l'heure de la sieste », et cette phrase rassurante m'a apaisé peu à peu. Mais oui, comme dans toutes les villes du Sud, il n'y aurait personne dans les rues jusque vers cinq heures de l'après-midi. Et puis de nouveau, les magasins, les tramways, les terrasses de café s'empliraient de monde, j'entendrais des éclats de voix et de rire, et je pourrais même aller au Rosal pour l'apéritif, à l'heure où vous enveloppe le brouhaha des conversations.

L'heure de la sieste. J'essayais de concentrer ma pensée sur quelque chose de précis, pour échapper à ce sentiment de vide. Je ne quittais pas du regard l'index de bronze de Cruz-Valer pointé maintenant vers une autre direction que celle de la plage. Un mauvais rêve où les doigts des statues bougent et indiquent chaque fois une direction différente ? Ou

102

bien, simplement, cet index m'apparaissait-il sous un autre angle de vue ? Il désignait l'esplanade du Fort et plus loin le dédale des rues qui menait à l'hôtel Alvear.

C'était l'heure de la sieste. Le patron de l'hôtel, dans sa chemise de satin vert à manches courtes, somnolait, le buste affalé contre le comptoir de la réception. Au-dessus de lui, le ventilateur brassait l'air de ses grandes pales de bois verni. L'escalier au tapis rouge. Et au deuxième étage la chambre. Ses fenêtres donnaient sur la petite place et la fontaine, dont on entendait le murmure. Les persiennes étaient fermées et par leurs fentes les rayons de soleil dessinaient un treillage lumineux au plafond.

Un grand lit aux barreaux de cuivre. Une armoire à glace. Des robes, des chemisiers jetés sur les chaises et le fauteuil. Au fil du temps, les ambitions décroissent peu à peu, car la seule, maintenant, qui me semblait encore digne d'intérêt, c'était de me retrouver dans la fraîcheur de cette chambre, avec elle, sur le lit, à l'heure de la sieste.

Je me suis enfin décidé à quitter l'ombre de la statue de Cruz-Valer et à marcher, de nouveau sous le soleil, jusqu'à l'arrêt du tram, avenue Pasteur. Peu m'importait d'attendre encore, et de suivre la route de la Corniche jusqu'à Radio-Mundial, seul, sur les banquettes de cuir brûlantes. Je ne pouvais m'empêcher de penser à cette chambre. Telle que je l'imaginais, elle était en tout

103

point semblable à celle que louait Rose-Marie, et l'hôtel Alvear se confondait pour moi avec le Moncey Hôtel, rue Blanche.

Ce soir-là, j'avais frappé à la porte de la loge de Rose-Marie, au lieu d'ouvrir moi-même celle-ci et d'entrer, comme à mon habitude. J'étais encore persuadé que l'homme qui se trouvait avec elle, tout à l'heure, dans sa chambre du Moncey Hôtel occuperait le vieux fauteuil défoncé, à côté de la table de maquillage.

Elle m'a ouvert et elle m'a souri. Elle était vêtue d'un peignoir d'éponge blanc. Le fauteuil était vide. Et quand j'ai vu la petite, sur le tabouret, le dos appuyé contre le mur, j'ai compris qu'il n'y avait rien de nouveau. Un soir exactement semblable aux autres.

J'ai pris place dans le fauteuil de cuir défoncé. Rose-Marie a continué de se maquiller.

— Quand tu as frappé, mon petit Jean, j'ai cru que c'était Beauchamp...

Elle prononçait Beauchamp à la française, comme moi, comme nous tous, comme Beauchamp lui-même, alors que j'avais découvert que ce nom était anglais et qu'il fallait dire : Bi-Tchan. Un jour, le rencontrant dans la rue, je l'avais interpellé :

— Bonjour, monsieur Bi-Tchan.

Je pensais lui faire plaisir car il devait être las

d'entendre toujours écorcher son nom. Mais il m'avait confié, d'un air grave :

— Je préfère que vous m'appeliez simplement Beauchamp, si vous n'y voyez aucun inconvénient.

La petite, sur son tabouret, achevait d'ôter le papier transparent qui enveloppait une grande corbeille de fruits confits.

— Je peux en prendre un, maman ?

— Si tu veux.

Elle a pincé de l'index et du pouce la cerise qui marquait le sommet de cette pièce montée multicolore et avant de la porter à sa bouche, elle a hésité un instant. Puis elle s'est décidée à l'avaler et, le front soucieux, elle a commencé à la mâcher.

— C'est un cadeau de Beauchamp..., a dit Rose-Marie.

Beauchamp lui envoyait souvent des bouquets de fleurs. Un soir que j'étais assis dans le fauteuil, on avait frappé à la porte mais Rose-Marie n'avait pas répondu. Elle avait mis son doigt devant sa bouche pour que nous gardions le silence, la petite et moi. La porte allait s'ouvrir et quelqu'un entrer. Mais non. Un crissement léger. On glissait un objet brillant dans l'interstice de la porte et du plancher. La petite et moi, nous avions les yeux fixés sur cet objet qui avançait, avançait sur le plancher et qui se révélait être un bracelet. Rose-Marie, à sa table de maquillage, avait fini par se retourner.

— Ramasse-le, avait-elle dit.

La petite s'était penchée, avait pris le bracelet et

105

l'avait apporté à sa mère avec une infinie précaution. Celle-ci l'avait examiné un instant et me l'avait tendu d'un geste désinvolte.

— Tiens, mon petit Jean...

Et elle avait dit cette phrase qui revenait si souvent sur ses lèvres :

— C'est un cadeau de Beauchamp...

Le bracelet avait été acheté chez un grand bijoutier. Je l'ai su plus tard quand j'ai dû le vendre pour Rose-Marie. Je l'avais posé sur la table de maquillage. Elle n'y faisait même plus attention.

— Tu en veux un ? m'a demandé la petite en me désignant la corbeille de fruits confits. Il y a des oranges et des abricots.

— Donne-moi un abricot.

Elle tentait d'arracher un abricot à cette savante et compacte ordonnance de fruits confits.

— Donne-moi n'importe lequel.

— Ça colle les doigts.

Elle a réussi à extraire une mandarine. Elle s'est levée et me l'a glissée dans la main. Elle attendait devant le fauteuil, que je mange la mandarine.

— C'est bon ?

— Très bon.

— Je vais voir s'il y en a d'autres.

Et elle a vérifié s'il restait encore des mandarines parmi les fruits agglutinés de la corbeille.

— Il y en a encore deux.

— Ne les mange pas toutes, a dit Rose-Marie.

Qui pouvait bien être avec elle, dans la chambre

du Moncey Hôtel, cet après-midi-là ? Beauchamp ?
Ce n'était pas son genre. J'imaginais mal Beauchamp montant l'escalier raide, dans ses costumes
gris à la coupe impeccable, et se retrouvant au
milieu du désordre de la chambre. Quelqu'un que
je ne connaissais pas ? Comment le savoir ? Et
fallait-il le savoir ?

Rose-Marie avait ôté son peignoir et l'avait posé
sur le dossier du fauteuil où j'étais assis. Elle
enfilait son costume de scène pour la deuxième
partie du spectacle. De ce costume de scène je ne
me souviens que du justaucorps noir. La petite,
assise sur son tabouret, renversait la tête en arrière
et elle l'appuyait contre le velours bleu du mur. Et
je n'aurais jamais pu prévoir alors que ce serait
l'une des images les plus nettes que je garderais de
toute cette période.

Rose-Marie ouvrait un coffret circulaire qui lui
servait de boîte à bijoux et aussitôt une suite de
notes à la sonorité métallique s'égrenaient sur un
rythme très lent. Les notes étaient de plus en plus
hésitantes, car elle oubliait de remonter le méca-
nisme. Cette musique épuisée, toujours sur le point
de s'éteindre, annonçait qu'elle entrerait en scène
d'ici quelques minutes : elle avait extrait de la
boîte les anneaux créoles dont elle devait s'affubler
pour son travail. Le plus souvent, elle voulait que
nous restions dans sa loge jusqu'à la fin du
spectacle. Pendant son absence, nous jouions aux
cartes, la petite et moi, ou bien nous lisions, chacun
sur nos sièges respectifs. De temps en temps, la

107

petite me lançait un regard studieux, et elle reprenait sa lecture.

Mais ce soir-là, après avoir refermé le coffret à bijoux, Rose-Marie m'a dit :

— Vous pouvez rentrer tous les deux... Ce n'est pas la peine de m'attendre, mon petit Jean...

Elle a quitté la loge en laissant la porte ouverte, comme d'habitude. Nous entendions des pas précipités dans les coulisses, la musique de la revue et des applaudissements lointains. L'autre viendrait la chercher après le spectacle. Il s'assiérait dans le fauteuil pendant qu'elle se démaquillerait. Voilà pourquoi elle voulait se débarrasser de moi.

Je me suis de nouveau retrouvé avec la petite sur le trottoir de gauche de la rue Fontaine, celui des numéros impairs. Elle portait la corbeille de fruits confits qu'elle avait enveloppée de son papier de cellophane et je l'ai laissée porter cette corbeille trop lourde. A vingt ans, je n'étais pas encore en âge d'avoir la fibre paternelle. Seule Rose-Marie m'occupait l'esprit.

La petite aurait voulu, comme tous les soirs, aller boire une grenadine au Gavarni. Chaque fois, elle tombait de sommeil, mais la perspective d'une grenadine au Gavarni lui donnait le courage de supporter les longues attentes dans la loge de sa mère. C'était une sorte de récompense que ce soir-là je lui ai refusée. Une simple grenadine. Je n'aurais jamais pu imaginer qu'elle me causerait des remords vingt ans après, là, en ce moment, dans le bureau de Carlos Sirvent à Radio-Mundial, si loin de Paris. Je devrais écrire le nouvel épisode des *Aventures de Louis XVII*, mais au lieu de cela je rassemble sur le papier ces quelques souvenirs. Carlos sera dérouté s'il entre et se penche au-dessus de mon épaule pour vérifier l'état de mon travail. J'entends déjà sa voix ironique :

— A première vue, les *Aventures de Louis XVII* ont pris un tour très personnel...

Eh bien, nous n'avons pas fait halte au Gavarni. Je marchais trop vite et elle avait du mal à me suivre, à cause de sa corbeille de fruits confits. J'étais perdu dans mes pensées. Nous avons remonté la rue jusqu'à la place Blanche et nous avons laissé derrière nous le théâtre Fontaine où jadis ma mère et Max Montavon jouaient leur vaudeville pour un chien solitaire.

Nous allions traverser la place quand un petit car bleu marine, du modèle de ceux qui font la navette entre la gare, les hôtels et les pistes de ski dans les stations de sports d'hiver, s'est arrêté à la hauteur de la pharmacie.

— Bonjour, vous deux.

C'était Dé. Il venait de sortir du car. Dé « Magdebourg », un ami de Rose-Marie plus âgé que moi, vingt-cinq ans peut-être. Il travaillait dans une agence de voyages du seizième arrondissement, rue de Magdebourg — d'où son surnom.

Il s'est penché vers la petite :

109

— Jolie, ta corbeille de fruits...

Et moi, je lui ai dit la phrase rituelle :

— C'est un cadeau de Beauchamp...

— Ah oui... Je vois... Je vous emmène faire une balade en car...

— Il faut que je couche la petite.

— Mais non... C'est idiot... Je suis sûr qu'elle aimerait faire une balade en car... Tu aimerais, hein ?

La petite a dit : « oui » timidement. Elle se tenait raide, embarrassée par sa corbeille de fruits confits.

— Vous avez vu mon car ?

Il nous a invités, d'un mouvement de la main, à monter à bord. Je me suis assis sur la banquette gauche, derrière lui, sans prêter attention à la petite qui s'est glissée sur la banquette droite, avec sa corbeille de fruits confits.

— C'est la première fois que tu te promènes en car ? a demandé Magdebourg à la petite.

Mais celle-ci a gardé le silence.

— On va t'emmener voir la tour Eiffel et les monuments de Paris, a dit Magdebourg. Cette nuit, il y a des illuminations... Je crois que c'est le vingtième anniversaire de l'Armistice... Ça t'amuse de voir la tour Eiffel ?

— Oui, ça m'amuse de voir la tour Eiffel, a-t-elle dit très vite, comme si elle récitait une leçon.

— Alors, vous n'êtes pas restés dans la loge de Rose-Marie ? m'a demandé Magdebourg.

— Pas ce soir. J'ai l'impression qu'elle avait un rendez-vous.

Il connaissait bien Rose-Marie. Il lui servait souvent de chauffeur. Elle lui faisait des confidences. Il en savait certainement plus long que moi.

— Ça ne vous gêne pas si j'ai quelques courses à faire dans le quartier avant notre balade ? a dit Magdebourg.

Et il m'a donné des explications que j'écoutais à peine : son agence de voyages louait des cars comme celui-là pour les touristes qui voulaient visiter Paris, la nuit. Et il devait distribuer des prospectus un peu partout.

Il s'est d'abord arrêté place Pigalle, il a ouvert la boîte à gants et en a sorti quelques enveloppes qu'il est allé remettre aux portiers galonnés d'Ève et des Naturistes. Une halte devant le Théâtre en Rond, rue Frochot. Il a offert le prospectus à la dame du contrôle. D'autres étapes : l'Heure Bleue. La Roulotte. Le Royal Soupers... Nous sommes passés devant le théâtre Fontaine, mais celui-ci était fermé. Et je m'étonne, en évoquant aujourd'hui notre promenade nocturne, d'avoir montré une telle indifférence vis-à-vis de cette petite, assise toute seule sur sa banquette. Comment se peut-il que je n'aie pas eu un geste d'affection vers elle, un élan de solidarité ? Pourtant, les rues n'avaient pas changé depuis cinq ans, les néons brillaient de leur même éclat indifférent. Et je revenais sur mes propres traces : notre itinéraire était identique à

111

celui que j'avais suivi, un soir, à travers ce quartier où j'avais eu le sentiment d'être moi aussi un enfant perdu.

Une dernière étape boulevard de Clichy. Le Moulin-Rouge. Cette fois-ci, Dé Magdebourg, posté au milieu du trottoir, distribuait ses enveloppes aux touristes qui entraient dans le music-hall pour assister à la revue. Puis, les mains vides, il s'est remis au volant.

— Mission accomplie !

Nous nous sommes engagés dans la rue Blanche et nous roulions lentement, à cause d'une voiture qui nous précédait et que nous ne pouvions pas doubler. Nous sommes passés devant le Moncey Hôtel. J'ai levé la tête vers la fenêtre de la chambre de Rose-Marie au deuxième étage. Elle était éclairée :

— C'est drôle, ai-je bredouillé à Magdebourg, Rose-Marie est dans sa chambre.

J'avais l'espoir qu'il me donnerait peut-être une explication. Mais non. Il a haussé les épaules sans rien dire.

L'inconnu l'attendait dans la chambre. Il n'y avait pas d'autres meubles que le lit aux barreaux de cuivre, deux chaises d'osier et une armoire à glace. Il était allongé sur le lit. Il feuilletait un journal ou bien il fumait, les yeux fixés au plafond. J'ai aspiré un grand coup :

— Elle était avec quelqu'un dans sa chambre d'hôtel cet après-midi, ai-je dit. Tu ne vois pas qui ça pourrait être ?

Magdebourg a tourné son visage vers moi.

— Jaloux ?

— Non.

— Si on est d'un naturel jaloux, il vaut mieux ne pas connaître Rose-Marie.

J'ai essayé de sourire, mais je sentais bien que mes lèvres se contractaient dans une grimace.

— Tu ne vois vraiment pas qui pouvait être avec elle cet après-midi ?

— Moi.

J'ai sursauté. Pourquoi pas lui ? Après tout, c'était possible. Rose-Marie me parlait souvent du charme de Magdebourg. Je ne me souviens plus aujourd'hui avec précision des traits de son visage, mais il me semble qu'il avait des cheveux bruns frisés, la peau mate, une douceur et une élégance dans son allure que lui valait une lointaine origine martiniquaise ou jamaïquaine.

— C'était toi ?

Il a éclaté de rire.

— Non. Pas cet après-midi. Mais je pourrais essayer de trouver qui c'était.

Il me fixait de ses yeux plissés.

— Remarque... Ça va être difficile... Il y en a tellement qu'on s'y perd... Je crois qu'on peut éliminer Beauchamp tout de suite...

— Oui.

— Mais il y en a encore tant d'autres...

Et il poussait un soupir avant de me tapoter le genou d'une main amicale.

— C'est quand même toi l'un des préférés...

Nous étions arrivés boulevard des Capucines à la hauteur du Café de la Paix. Dé Magdebourg s'est arrêté en bordure du trottoir, après le kiosque à journaux. Pas une seule table libre, à la grande terrasse du café.

— Je devrais distribuer le reste de mes prospectus... Il y a beaucoup de touristes ici...

Il a sorti de la boîte à gants la dernière pile d'enveloppes, il s'est dressé sur le marchepied du car et d'un geste large et rapide du bras il a lancé toutes les enveloppes en direction de cette foule, assise aux tables de la terrasse. La brise estivale a éparpillé les enveloppes au-dessus des têtes avant qu'elles ne tombent avec une lenteur de feuilles mortes. La plupart des gens les ouvraient et un garçonnet en culotte courte de flanelle grise ramassait celles qui s'étaient égarées sur le trottoir.

La petite nous observait d'un œil craintif. Nous suivions le boulevard des Capucines en direction de la Madeleine et aujourd'hui que je refais ce chemin de mémoire dans le bureau de Carlos Sirvent, je regrette que les choses ne se soient pas déroulées autrement. Pourquoi n'étais-je pas à côté d'elle, sur la banquette ? Je lui entoure l'épaule de mon bras et je lui raconte un souvenir d'enfance...

J'avais à peu près l'âge de la petite et mon père m'emmenait souvent passer les interminables après-midi du dimanche à la terrasse de ce Café de la Paix, où, tout à l'heure, les enveloppes volaient au-dessus des tables. Nous restions silencieux, mon père et moi. De temps en temps, pour rompre le silence, il disait :

— On va se peser ?

Nous nous levions, nous longions la terrasse du café. Un peu plus loin, après l'entrée du Grand Hôtel, dans un renfoncement entre deux vitrines, une balance automatique. Nous montions sur cette balance, l'un après l'autre, nous attendions que tombe le ticket rose où était inscrit notre poids et nous revenions nous asseoir à la terrasse du Café de la Paix. De nouveau, le silence entre nous, jusqu'à l'instant où mon père laissait tomber, de sa voix distraite :

— On va se peser ?

Après la place de la Concorde, Dé Magdebourg a tourné à droite et s'est engagé sous les marronniers du Cours-la-Reine.

— Tu te demandes toujours qui était avec Rose-Marie cet après-midi ?

Une cigarette pendait au coin de sa bouche et il faisait une curieuse grimace. Était-ce à cause de la fumée ? Ou bien se moquait-il de moi ?

— Il y a une personne qui pourrait te renseigner... La seule, à mon avis...

— Qui ?

— Beauchamp.

Nous parlions à voix haute, en présence de la
petite. L'idée ne me venait même pas que cette
conversation au sujet de sa mère n'était pas de son
âge.

— Beauchamp ?

— Oui. Beauchamp. Il est obsédé par Rose-
Marie... Une nuit, j'ai vu Beauchamp attendre
pendant des heures devant l'hôtel de la rue
Blanche... Et tu sais ce qu'il y avait de plus
curieux ? Il attendait sous la pluie... Il était
complètement trempé... Imagine Beauchamp dans
son costume gris, dégoulinant de flotte...

Je l'imaginais bien, cet homme d'une quarantaine d'années à la silhouette distinguée, quittant
son bel appartement de la place du Palais-Bourbon
pour venir attendre des heures, rue Blanche, sous
la pluie...

— Je suis sûr qu'il la fait suivre par un détective
privé... Il est au courant... Tu devrais demander à
Beauchamp, mon vieux... Tu saurais tout...

Et il a éclaté d'un rire un peu étouffé qui me
plaisait bien chez lui et qui était communicatif.
Malheureusement, ce soir, je n'avais pas envie de
rire.

— Tu saurais tout... Heure par heure... Il te
ferait même des listes... Il te montrerait des
photos... des films...

Une crise de fou rire le secouait si fort que le volant lui a échappé et que le car a fait une embardée, juste avant de s'enfoncer dans le tunnel de l'Alma. Il riait, et il appuyait à fond sur l'accélérateur. J'ai senti la main de la petite qui m'agrippait le creux de l'épaule. Puis la pression s'est relâchée. Mes souvenirs se brouillent. Je crois que nous nous sommes arrêtés au coin d'une avenue pour voir l'Arc de Triomphe. Sous l'arche, un grand drapeau tricolore flottait au vent et des projecteurs bleu, blanc et rouge dessinaient dans le ciel un V, celui de la Victoire.

Nous sommes redescendus vers la Seine et nous avons longé les jardins du Trocadéro. Magdebourg a voulu nous montrer toutes les fontaines illuminées. De l'esplanade, les bribes d'une musique militaire nous parvenaient, mêlées à une voix grave que répercutaient des haut-parleurs.

— C'est retransmis sur Paris-Inter, a dit Magdebourg.

Il a tourné le bouton d'ivoire, à côté de la boîte à gants.

— Écoutez... Nous sommes en plein cinémascope... Il ne manquait plus que le son.

Et il réglait le poste à son plus haut volume. La voix grave de l'esplanade du Trocadéro annonçait que l'un des anciens chars de la Division Leclerc, qui était entré dans Paris vingt et un ans auparavant, quittait l'École militaire, traversait les jardins du Champ-de-Mars et s'arrêterait entre les piliers de la tour Eiffel.

— Je veux voir ça, a dit Magdebourg.

Il a franchi le pont et nous nous sommes garés au milieu du trottoir. La foule était massée sous la tour Eiffel, tandis qu'à la radio, ou, là-bas, sur l'esplanade, ou ailleurs, éclatait une fanfare. Magdebourg était debout, sur le marchepied du car.

— Ils arrivent, Jean... ça vaut le coup d'œil...

Je demeurais assis à ma place. Avec qui pouvait bien être Rose-Marie, en ce moment, dans sa chambre du Moncey Hôtel ? La petite, allongée en travers de la banquette, et serrant la corbeille de fruits confits contre elle, s'était endormie.

Dé Magdebourg nous a raccompagnés par le chemin que nous suivions à pied, d'habitude, la petite et moi. Le pont, au-dessus du cimetière. La façade de l'hôtel Terrass dont une verrière au dernier étage était toujours éclairée. La rue Caulaincourt. Il a tourné à droite et s'est arrêté devant la façade blanche du 36, avenue Junot.

Nous sommes restés longtemps dans le car à bavarder. Au premier étage du 36, la fenêtre de la chambre de Rose-Marie était noire, et j'espérais à chaque instant que le bruit d'un moteur annoncerait son retour. Mais non. Rien ne troublait le silence de l'avenue, sauf nos voix, à Magdebourg et à moi.

De quoi parlions-nous ? De choses qui n'ont plus aujourd'hui la moindre importance. J'essaye de revivre ce moment mais je n'entends plus ce que me dit Magdebourg. Je n'entends plus ma propre voix. La silhouette distinguée de Beauchamp, qui était revenu hanter notre conversation, s'estompe sous la pluie. Le visage de Dé Magdebourg s'efface lui aussi, Magdebourg tout entier se volatilise. Rose-Marie que j'attendais avec tant d'angoisse, cette nuit-là, n'est plus qu'un personnage secondaire, une comparse que l'on distingue à peine, au fond du tableau. Cette chambre où elle se trouvait en compagnie d'un inconnu, je finis par me demander si elle existait vraiment, et si elle n'est pas la chambre de l'hôtel Alvear telle que je me l'imagine.

Pendant que je parlais à Magdebourg, je devais quand même jeter un regard distrait à droite, vers la petite. Mais c'était comme si je ne la voyais pas. Et puis, en vingt ans, cette image s'est imposée à moi et brouille maintenant par son éclat tout ce qui l'entourait. Je suis seul, assis à l'avant de ce car, la nuit, avenue Junot. Je me retourne. La petite est allongée sur la banquette de droite et dort, avec sa corbeille de fruits confits. Je la vois si bien, ses cheveux châtain clair contre le cuir rouge... On dirait qu'un projecteur est braqué sur elle — ou plutôt qu'elle a elle-même attiré le faisceau de ce projecteur, laissant dans l'ombre tout le reste. Une phrase me revient en mémoire, que j'avais entendu dire je ne sais plus où : Elle nous vole toute la lumière.

Je l'ai réveillée en la secouant par l'épaule. Elle

est sortie du car, le visage gonflé de sommeil, et elle m'a suivi d'une démarche hésitante, jusqu'à la porte d'entrée de l'immeuble. Magdebourg a démarré, il nous a fait un signe du bras, et le car a disparu au tournant de la rue Caulaincourt.

C'est aujourd'hui que je me rends compte, à l'instant où j'écris ces lignes dans le bureau de Carlos Sirvent, que nous avions oublié la corbeille de fruits confits sur la banquette.

Il était sept heures du soir. J'ai quitté le bureau de Sirvent après avoir glissé à l'intérieur de ma poche les quelques pages que j'avais noircies. J'ai suivi le couloir et j'ai frappé à la porte du bureau que Mercadié partage avec Jacques Lemoine et où, tous les deux, ils mettent au point les émissions françaises de Radio-Mundial.

La voix rauque de Mercadié m'a prié d'entrer. Il était seul. Il m'observait.

— Vous n'avez pas l'air dans votre assiette, mon vieux...

— Si, si...

— Vous êtes comme moi... Vous ne supportez pas la chaleur...

Il a étendu le bras vers une bouteille d'eau minérale, tout au bord de son bureau, cette si singulière eau minérale de la région, et il m'en a versé un verre. Je l'ai bu d'un seul trait.

— Ça va mieux?

— Oui.

— Il fait beaucoup moins chaud ce soir...

Il a levé la vitre de la fenêtre à guillotine. Un courant d'air a éparpillé sur le sol les feuilles de papier qui encombraient son bureau.

— La brise océane, ai-je balbutié.

Mais je devais avoir une intonation bizarre : Mercadié a enfoncé dans sa bouche une pipe éteinte, et il m'a dit :

— Quelque chose vous préoccupe, vieux ?

— Pas du tout.

J'ai sorti de ma poche les feuillets que je venais d'écrire.

— Votre dernier épisode des *Aventures de Louis XVII* ? Entre nous, ce serait plus simple qu'elles passent en français dans nos émissions, plutôt qu'en espagnol, avec Sirvent.

— Je ne peux pas lâcher Sirvent.

— Je plaisantais.

Il a tiré nerveusement sur sa pipe éteinte. Cela lui causait une légère contraction des lèvres. C'était un tic chez lui.

— Je venais au sujet de notre émission de ce soir, ai-je dit. J'aimerais simplement que vous ajoutiez un texte à ceux que je vous ai déjà donnés.

— Je vous écoute.

— Voilà.

J'ai pris une feuille volante sur son bureau, mon stylobille, et à mesure que j'écrivais en lettres capitales, je lui lisais à voix haute :

TOUTE PERSONNE SUSCEPTIBLE DE DONNER DES PRÉCISIONS SUR UNE CORBEILLE DE FRUITS CONFITS OUBLIÉE LE 9 MAI 1965 SUR

LA BANQUETTE D'UN CAR DE COULEUR BLEU
MARINE QUI STATIONNAIT VERS UNE HEURE
DU MATIN DEVANT LE 36, AVENUE JUNOT
PARIS XVIIIe, ET QUI ÉTAIT CONDUIT PAR UN
CERTAIN EDMOND DIT « MAGDEBOURG », EST
PRIÉE D'ÉCRIRE À RADIO-MUNDIAL — ÉMIS-
SIONS EN LANGUE FRANÇAISE B.P. 10.224 —

Mercadié a relu le texte, les sourcils froncés.

— Il s'agit d'un message personnel ?

— Oui. Un message personnel.

— Vous attachez une telle importance à cette
corbeille de fruits confits que vous y pensez encore
après plus de vingt ans ?

— Ça peut paraître idiot mais c'est comme ça.

— Et vous espérez que quelqu'un vous
répondra ?

— Au moins, j'aurai lancé un appel. Cela vaut
mieux que le silence.

Il a posé sa pipe contre le cendrier de son
bureau. Le jour tombait et, à travers la fenêtre à
guillotine, nous enveloppait l'un et l'autre d'une
lumière orange de soleil couchant.

— Vous avez bien écrit : 36, avenue Junot ?

— Oui.

Il hésitait à parler. Enfin, il a dit d'une voix
sourde :

— J'ai habité 36, avenue Junot.

Pour la première fois, à Radio-Mundial, un
compatriote faisait une allusion à sa vie antérieure.
Et cela m'étonnait de la part de Mercadié, dont la

123

discrétion était proverbiale dans notre petit milieu d'expatriés.

— J'y ai habité jusqu'en 1962 et par conséquent je ne peux pas vous renseigner au sujet de votre corbeille de fruits confits de 1965.

— Mais peut-être avez-vous connu une petite fille et sa mère qui habitaient au premier étage ?

Il a marqué un temps d'hésitation.

— Non... non... Je ne vois pas...

Il me semblait dans un état d'esprit propice aux confidences. Était-ce le souvenir de l'avenue Junot qui le poussait à abandonner sa réserve habituelle ?

— Pourtant, je me rappelle à peu près tous mes voisins... Au 36, vous aviez Servais, Robert Lefort et Geo-Charles Véran...

Une écluse s'ouvrait pour libérer un flot contenu depuis trop longtemps. Son visage s'épanouissait brusquement. Son teint, si pâle d'ordinaire, devenait rose, à moins que ce ne fût le reflet du soleil couchant. En tout cas, je ne l'avais jamais vu aussi rayonnant. Il me citait encore d'autres noms avec la gourmandise de celui qui retrouve, après des années de privations, le plaisir de déguster une pâtisserie.

— Au 11, vers le haut, vous aviez Nikitina... Au numéro 15, Paul Colline...

Huit heures du soir. Je devais partir, si je ne voulais pas manquer le dernier tramway qui me déposerait chez moi au Vellado. J'ai tenté de prendre congé de Mercadié mais il me suivait le long du couloir, puis dans l'escalier.

124

— Ah oui... J'oubliais... au 36, une cantatrice... Madeleine Grey... et Marjorie Lawrence, de l'Opéra... Et aussi les frères Schall...

Nous traversions le hall de Radio-Mundial, côte à côte.

— Au 27, Raymonde Garot... Elle est devenue la maîtresse d'un footballeur qui a mal tourné... Au 37, Pierre Sandrini, le patron du Tabarin... Au 38, Etchepare... Et Lodia, l'astrologue... Au 45, Gaston Saïag, Gabriello et Solange Moret qui s'est suicidée...

Le débit de sa voix s'accélérait. Rien ne pouvait l'arrêter. S'apercevait-il encore de ma présence? Ou parlait-il pour lui tout seul? Je pressais le pas mais il marchait au même rythme que moi, son bras collé au mien :

— Ça me fait tellement plaisir d'évoquer tous ces gens avec vous... Il n'y a personne à qui parler ici... Personne... C'est le désert... Le bout du monde... Ça ne vous fiche pas le cafard de travailler dans cette saloperie de radio perdue, sans pouvoir parler à personne? non?

Il criait presque. Nous étions arrivés sur le perron de Radio-Mundial. Quelques marches à descendre. L'esplanade. Il faisait nuit.

— Calmez-vous, Henri, lui ai-je dit.

Lui, si taciturne, si placide, avec sa pipe et ses cheveux coupés en brosse...

— Au 35, vous aviez...

Il cherchait un nom et il s'était arrêté net à la

125

lisière de l'esplanade. J'en ai profité pour m'écarter de lui, imperceptiblement.

— Vous aviez...

Il restait immobile, devant le perron de Radio-Mundial. Il me lançait d'autres noms, mais j'étais déjà trop loin pour les entendre. J'avais dépassé le socle vide sur lequel était toujours gravé : Javier Cruz-Valer. Et l'appel à la prière du soir d'un muezzin répercuté par un haut-parleur étouffait la voix de Mercadié.

Le chauffeur m'attendait au bord du trottoir, à l'arrêt du tramway.

— Je suis en retard. J'ai bavardé avec un collègue français de Radio-Mundial.

— Mais vous avez le droit de faire ce que vous voulez.

C'était une phrase qu'il me disait chaque fois que j'avais l'air de m'excuser au sujet de mon emploi du temps.

— J'ai une lettre pour vous.

Il m'a tendu une enveloppe verte que l'on avait décachetée. Le papier, de la même couleur que l'enveloppe, portait le nom de l'hôtel Alvear.

J'espère vous voir bientôt. Je vous ferai signe dès que je le pourrai.

Marie

Nous marchions en direction de mon domicile, cette fois-ci côte à côte et non plus à une dizaine de mètres d'intervalle l'un de l'autre.

— Je l'ai vue entrer dans votre immeuble. Une fille avec un sac de paille... Je lui ai demandé ce qu'elle voulait. Elle m'a dit qu'elle venait pour vous voir. Je lui ai dit que vous n'étiez pas là. Alors, elle m'a remis cette lettre.

— Et vous l'avez ouverte ?

Il a haussé les épaules, d'un air navré.

— Il est écrit dans le testament de l'Américaine que je dois aussi surveiller votre courrier.

C'était la première lettre que je recevais depuis mon arrivée dans cette ville. Qui aurait bien pu m'écrire ?

— Vous ne m'en voulez pas ? m'a-t-il demandé.

Et il me tendait un paquet de cigarettes.

— Je ne vous en veux pas du tout.

Chez moi, j'ai sorti de nouveau la lettre de son enveloppe. Et je l'ai relue. Une grande écriture. Les deux lignes occupaient presque toute la feuille de papier. « J'espère vous voir bientôt. » Cette phrase résonnait dans ma tête d'un écho vieux de plus de vingt ans. Oui, nous allons retrouver ceux dont nous nous demandions s'ils étaient encore vivants quelque part. « J'espère vous voir bientôt. » Une voix avait donc réussi à percer la masse compacte de toutes ces années accumulées les unes sur les autres... « J'espère vous voir bientôt. » Je n'aurais pas pu inventer phrase aussi émouvante que celle-là à faire dire à Louis XVII, dans mon feuilleton.

Cette fille de l'hôtel Alvear était-elle l'enfant que j'avais connue rue Fontaine ? En dépit du front et du regard, l'âge ne correspondait pas exactement et la coïncidence aurait été trop romanesque... Mais la vie ne vous réserve-t-elle pas des surprises encore plus grandes que celles qui vous attendent dans le prochain chapitre d'un roman ?

Je me suis étendu sur mon lit. Je fermais les yeux. Le visage de la petite me revenait en mémoire, tantôt sur le fond de velours bleu de la loge de Rose-Marie, tantôt sur celui de cuir rouge de la banquette où elle s'était endormie, il y a vingt ans.

Deux coups de sonnette très brefs. Je suis allé ouvrir la porte. J'ai reconnu le jeune homme blond qui servait de coursier à Radio-Mundial. Il m'a tendu une enveloppe et à peine l'avais-je remercié qu'il dévalait l'escalier.

La lettre était décachetée, comme celle de l'hôtel Alvear. Je me suis penché au balcon de ma terrasse et j'ai vu le chauffeur, assis sur le banc. Il parlait avec le jeune homme blond qui tenait, des deux bras, le guidon d'une petite moto. J'aurais été curieux de savoir s'il lui dévoilait pourquoi il

unreal

devait décacheter mes lettres. Le coursier a enfourché sa moto et s'est engagé dans l'avenue Villadeval. Le chauffeur demeurait assis sur le banc, à fumer paisiblement sa cigarette. Il n'était pas encore onze heures du soir.

J'ai déplié la lettre et j'ai reconnu l'écriture en pattes de mouche de Mercadié.

Mon Cher Jimmy,

Je tenais à m'excuser pour tout à l'heure... Un vague à l'âme plus fort que d'habitude...

Pourtant, Dieu sait si je garde mon « self-control » dans n'importe quelle situation. Mais quel besoin aviez-vous de réveiller de vieux souvenirs avec votre corbeille de fruits confits?

J'avais bien raison de recommander à nos compatriotes de Radio-Mundial de ne jamais parler de leur passé ni de la France ni de Paris... Nous formons une sorte de Légion étrangère — de Bandera comme dirait votre ami Sirvent — et dans la Légion étrangère on se tait sur les raisons de son engagement — qui sont, la plupart du temps, douloureuses... Le silence, voilà le seul moyen de tenir le coup. Le silence et l'amnésie.

Votre annonce personnelle sera diffusée vers une heure du matin, en fin de programme. Vous pourrez l'entendre, lue par Roger Dann. Et maintenant, c'est l'ancien Mercadié, celui de l'avenue Junot qui va conclure cette lettre et qui vous dit : *step* Oui, Jimmy, je comprends votre démarche, et je l'approuve. C'est la même démarche qui vous fait

129

écrire *Les aventures de Louis XVII.* Vous avez raison, il faut essayer de retrouver les personnes et les objets perdus — ne serait-ce qu'une corbeille de fruits confits.

Toujours vôtre

Henri

J'écoutais d'une oreille attentive les *Appels dans la nuit* sur mon transistor. J'avais préféré ne pas allumer la lumière de ma chambre. Par la fenêtre entrouverte me parvenait un bruit de fond qui indique bien que vous n'êtes pas en Europe : coassements des crapauds, cri d'un paon ou d'un coq, et, plus éloigné, l'appel du muezzin qu'amplifie le haut-parleur et que le vent apporte des confins de la ville jusqu'au Vellado.

Et puis, après un intermède musical — l'un de ces airs mexicains auxquels la trompette donne une fausse allégresse — la voix profonde de Roger Dann :

TOUTE PERSONNE SUSCEPTIBLE... CORBEILLE... OUBLIÉE... UNE HEURE DU MATIN... 36, AVENUE JUNOT... DIT « MAGDEBOURG »... ÉMISSIONS EN LANGUE FRANÇAISE...

J'imaginais à l'autre bout de la ville, près du Fort, la chambre de l'hôtel Alvear. Elle était assise sur le lit aux barreaux de cuivre et elle écoutait la radio. Et ces mots... CORBEILLE DE FRUITS

CONFITS... BANQUETTE... éveillaient chez elle un souvenir, aussi vague qu'un reflet de lune.

Des sonneries répétées. Le téléphone de l'immeuble, un appareil contre le mur de l'entrée, où l'on glisse des jetons et des pièces de monnaie. Les sonneries avaient commencé à l'instant où Roger Dann murmurait de sa voix de velours les derniers mots du message... ÉMISSIONS EN LANGUE FRANÇAISE B.P. 10.224, et j'avais la certitude que l'appel téléphonique s'adressait à moi. « J'espère vous voir bientôt. Je vous ferai signe dès que je le pourrai. »

J'ai dévalé l'escalier, sans allumer la minuterie, et, à tâtons, j'ai décroché le récepteur.

— Jimmy?

Une voix d'homme.

— Qui est à l'appareil?

— Carlos. Vous ne me reconnaissez pas?

Carlos Sirvent. C'était comme une douche froide.

— Excusez-moi, Carlos... Je dormais...

— Et vous avez quand même entendu la sonnerie?... Je vous appelais à tout hasard... Je pensais que le concierge vous passerait la communication...

— Mais il n'y a pas de concierge, ici, Carlos...

— Ravi d'avoir pu vous joindre... Je suis encore dans mon bureau à Radio-Mundial... Écoutez Jimmy... J'attendais un signe de vous...

— Un signe?

— Vous ne m'avez pas encore donné le nouvel

131

épisode des *Aventures de Louis XVII*... Et je n'en ai pas en réserve pour demain...

Je restais silencieux.

— Il paraît que vous avez écrit dans mon bureau cet après-midi... Vous avez peut-être emporté le texte par distraction au lieu de le faire dactylographier?

— Pas du tout. Je travaillais à autre chose.

— A autre chose?

— Oui, Carlos. Je rédigeais quelques souvenirs personnels.

— Je suppose que vous ne parlez pas sérieusement?

— Si. Je vous parle sérieusement.

Un instant de silence.

— Vous me laissez tomber, Jimmy?

— Pas du tout.

— Je suis sûr que vous vous êtes entendu avec Mercadié derrière mon dos. Parlez-moi franchement... Si vous avez l'intention de ne plus travailler que pour les émissions françaises, dites-le-moi.

— Vous êtes fou, Carlos... Vous savez bien que je suis votre ami...

— Vous êtes vraiment mon ami?

— Carlos... J'ai l'impression que vous ne tournez pas très rond, ce soir...

— Non. Pas très rond, comme vous dites.

Encore un silence. Et moi, je gardais le récepteur contre mon oreille, dans l'obscurité de l'entrée.

— Je m'étais assoupi... Et je viens de me réveiller. C'est une heure assez difficile, à Radio-

Mundial... C'est la fin de la plupart des programmes... On se sent si seul, dans cette radio du
bout du monde...

Décidément, je n'avais pas de chance, aujour-
d'hui. Après Mercadié, c'était Sirvent qui se
laissait envahir par le vague à l'âme.

— On se demande à quoi servent toutes ces
émissions que personne n'écoute... On finit par
douter de l'existence de Radio-Mundial...

A mesure qu'il parlait, son accent espagnol,
d'abord imperceptible, s'accentuait.

— On finit par douter de la réalité de cette ville
et par se demander où elle se trouve exactement
sur la carte : Espagne ? Afrique ? Méditerranée ?

Je venais de m'apercevoir que j'avais fermé la
porte de mon appartement, en oubliant de prendre
la clé. Et il était près de deux heures du matin.

— On finit par douter de sa langue maternelle
et de sa propre existence... Vous, Jimmy, vous
habitez Mercedes Terrace — il avait prononcé
Mercedes à l'espagnole, et Terrace à l'anglaise —
et vous entendez comme moi en ce moment l'appel
à la prière du muezzin...

Non, je ne l'entendais pas. Je pensais qu'il était
trop tard pour appeler un serrurier et qu'il ne me
restait plus qu'à passer la nuit dehors.

— Et vous vous demandez si vous êtes à Londres, à Madrid ou au Caire. Je n'ai pas raison,
Jimmy ? De quoi avoir le vertige...

— En effet, Carlos.

— Par la fenêtre de mon bureau, je regarde en

ce moment le socle vide, au milieu de l'esplanade...
Vous m'en avez si souvent parlé, Jimmy, de ce
socle vide... Oui, il est à l'image de cette ville, de
Radio-Mundial, de notre vie à tous ici...

— Vous ne trouvez pas qu'il est un peu tard
pour faire de la métaphysique, Carlos?

Il a eu un petit rire, très bref.

— Vous avez raison... Je ne sais pas ce qui m'a
pris de vous parler comme ça... Ce n'est pas mon
habitude...

Après Mercadié, après Sirvent, tous les autres
collaborateurs de Radio-Mundial allaient-ils me
confier leurs états d'âme et leur mal de vivre? J'en
étais accablé d'avance.

— Quelques heures de sommeil et demain vous
aurez de nouveau à faire avec votre Carlos Sirvent
habituel...

Son ton était plus dégagé. Il retrouvait sa bonne
humeur.

— Et surtout, ne me laissez pas tomber,
Jimmy... Je veux votre nouvel épisode de *Louis
XVII* pour demain matin neuf heures au plus tard.

— Sans faute, Carlos.

Je savais bien que je lui mentais et que je
n'aurais pas le courage d'écrire cet épisode. Et
même si je l'avais voulu... Pas de stylo sur moi. Ni
de papier. Et la perspective d'une nuit à la belle
étoile.

— Bonne nuit, Carlos.

— Bonne nuit, Jimmy.

J'ai marché de long en large sur l'avenue Villadeval. C'était une très belle nuit apaisante que rafraîchissait la brise. Je n'éprouvais aucun désagrément de ne pas rentrer chez moi mais une sensation de légèreté, comme après avoir rompu une dernière entrave. Je me suis aperçu que je marchais pieds nus. Je n'avais pas eu le temps d'enfiler des chaussures pour descendre l'escalier. Mais j'aurais pu tout aussi bien me promener en pyjama ou en maillot de bain sur le trottoir de l'avenue Villadeval à deux heures du matin, que je n'y aurais pas attaché plus d'importance. Et d'ailleurs qui m'obligeait à rentrer un jour dans cet appartement ? Personne.

J'ai fini par m'allonger sur le banc où, d'habitude, le chauffeur se tenait en faction. Je regardais les étoiles, plus scintillantes que les autres nuits. Leurs lumières, pensais-je, mettent des années et des années pour nous atteindre. Voilà une réflexion de la profondeur de celles que me communiquait à l'instant Carlos Sirvent, au téléphone. Lumières... Des années et des années... L'une de ces phrases qui vous viennent dans un demi-sommeil et vous accompagnent tout le reste de la nuit. J'ai dû dormir un certain temps, malgré ma position inconfortable sur ce banc. Et puis, je me suis réveillé en sursaut, mais comme je ne portais pas ma montre, j'ignorais l'heure. De nouveau, j'ai glissé dans un demi-sommeil. Je voyais le visage de la petite qui passait devant moi à intervalles réguliers. Faisait-elle un tour de manège? Le visage s'immobilisait, dans l'attente d'un cliché que prenait un photographe ambulant, à l'aide d'un appareil posé sur un trépied. La silhouette du photographe m'apparaissait de dos, en ombre chinoise, et par contraste, le visage de la petite se détachait sur un fond éclatant de velours bleu ou de cuir rouge. Ou de feuillages.

Parfois, j'ouvrais les yeux. Il commençait à faire jour. Lumières... Des années et des années... Le sommeil m'avait laissé sur les lèvres deux autres mots dont je ne percevais d'abord que les sonorités : DIFFÉRÉ... DIRECT... DIFFÉRÉ... DIRECT... DIFFÉRÉ... avant d'en comprendre peu à peu le sens : des termes professionnels que l'on utilisait à Radio-Mundial.

Une main contre mon épaule. J'ai reconnu le chauffeur, penché au-dessus de moi, les sourcils et les yeux inquiets.

— Qu'est-ce que vous faites là?

Il avait la voix d'un directeur de collège qui accueille l'un de ses élèves de retour d'une fugue.

Je me suis redressé avec difficulté, à cause de mes courbatures. Il est venu s'asseoir à côté de moi, sur le banc. Il demeurait là, silencieux et réprobateur. Il attendait mes explications.

— Je suis sorti de mon appartement hier soir et j'ai claqué la porte en oubliant d'emporter la clé.

Ses traits se sont détendus. Sans doute avait-il craint que ma nuit passée sur le banc ne marquât le début d'une déchéance : j'allais devenir un clochard qui perdrait toute dignité et cela était une sorte de blasphème au souvenir de l'Américaine.

— Vous me rassurez... Si c'est simplement une question de clé...

Je sentais un certain embarras chez lui. Puis il a paru se décider. D'un geste brusque, il a fouillé la poche de son pantalon et en a sorti un trousseau de clés. Il le tenait serré dans sa main. Il baissait la tête et ses yeux restaient fixés au sol.

— Vous ne m'en voudrez pas ? Eh bien... J'ai un double de votre clé...

— Un double ?

— Oui. C'est écrit dans le testament de l'Américaine. Il faut que je garde toujours un double de la clé de votre appartement...

Ainsi, elle continuait de veiller sur moi d'une manière scrupuleuse... J'imaginais le chauffeur inspectant l'appartement en mon absence, et dressant un inventaire de tout ce qui se trouvait dans les placards, les tiroirs, la salle de bains... Peut-être mettait-il un peu d'ordre ou bien vérifiait-il si l'électricité fonctionnait ou s'il n'y avait pas une fuite d'eau avant de refermer la porte à double tour derrière lui ?

— J'espère que vous ne m'en voulez pas ?

— Je ne vous en veux pas du tout.

— Je vous ramène à votre appartement?

Il détachait du trousseau le double de la clé.

— D'abord, nous pourrions prendre un petit déjeuner ensemble, lui ai-je dit.

Nous avons suivi l'avenue Villadeval une centaine de mètres avant de découvrir un café ouvert. Nous nous sommes assis à l'une des tables, sur le trottoir.

— Quelle heure est-il? lui ai-je demandé.

— Six heures et demie du matin.

L'air me semblait d'une légèreté qu'il n'avait pas habituellement. L'avenue était déserte, comme l'après-midi, aux heures de la sieste, mais cela ne me causait pas la moindre sensation de vide ou d'angoisse. La journée allait commencer, une journée d'été splendide et pleine de promesses. Et quelle importance, en définitive, si elle n'était qu'une journée conforme aux autres? Pour la première fois, depuis longtemps, j'assistais au début de quelque chose.

— Il faudrait que nous nous donnions rendez-vous chaque matin, ici, lui ai-je dit.

— Si vous voulez.

Il a posé sa tasse de café sur la table et il a allumé une cigarette. Il a plissé légèrement les yeux pour en savourer la première bouffée.

— Vous êtes toujours debout à cette heure-là? lui ai-je demandé.

— Toujours.

Il tripotait, entre le pouce et l'index, le double de la clé.

— Heureusement que vous étiez là, lui ai-je dit.
Je n'aurais pas trouvé de serrurier.

— Ce n'est pas moi qu'il faut remercier, c'est
l'Américaine. Elle a tout prévu.

Il a tiré encore une grande bouffée de sa
cigarette et, la nuque légèrement renversée, il
exposait son visage aux premiers rayons du soleil.

Il m'a accompagné jusqu'à la librairie de l'immeuble Edward's Storès, où j'ai eu la chance de
découvrir, parmi les livres en solde, un vieux plan
de Paris et de sa banlieue. Et quand nous sommes
arrivés sur le palier de mon appartement, il m'a
ouvert la porte avec le double de la clé, et a remis
celui-ci dans sa poche.

— A ce soir, m'a-t-il dit.

— A ce soir.

Je me suis assis devant la table de bridge, là où
j'écris *Les aventures de Louis XVII.* Je savais bien qu'à
neuf heures exactes, j'entendrais la sonnerie du
téléphone de l'immeuble. Sirvent rappellerait sans
cesse pour me réclamer le nouvel épisode du
feuilleton. Il était même capable de venir sonner en
personne à la porte de mon appartement. Mais je
ne répondrais pas. Il peut attendre un jour ou
deux. Et Louis XVII aussi.

C'est surtout la dernière journée qui demeure dans ma mémoire, malgré les détails dont je ne retrouve pas la chronologie exacte. Sans doute parce que nous sommes restés dans la même zone, un périmètre assez étroit à l'est de Paris : Saint-Maurice, Le bois de Vincennes, la Porte Dorée... Elle marque une cassure dans ma vie, cette journée passée pour la dernière fois avec Rose-Marie et la petite... Après, je suis entré dans ce qu'il faut bien appeler l'âge adulte.

J'ai acheté le plan de Paris et de ses environs à l'Edward's Storès pour le déplier maintenant sur ma table de bridge et avoir bien en vue la topographie des lieux. Depuis, je ne suis jamais revenu dans ce quartier. Et, avant ce jour-là, je ne le connaissais pas très bien : j'avais un vague souvenir d'enfance du zoo, de l'aquarium du musée des Colonies et du golf miniature du lac Daumesnil.

Comment s'est déroulé cet après-midi-là? Nous avons déjeuné avec Rose-Marie à la cantine des studios de Saint-Maurice, la petite et moi. J'y ai si souvent accompagné ma mère que je crains que les souvenirs ne se superposent et se mêlent dans mon esprit. Mais que pouvait bien faire Beauchamp avec nous ? Au début de l'après-midi, nous sommes assis, la petite, Beauchamp et moi, à une table de la terrasse du Chalet de la Porte Jaune, dans le bois de Vincennes.

Était-ce au retour des studios de Saint-Maurice ? Je suppose qu'il nous a tous emmenés en voiture aux studios et qu'il a déjeuné avec nous à la cantine. Puis il nous a raccompagnés à Paris. Nous nous sommes arrêtés au Chalet de la Porte Jaune. Mais alors pourquoi cette longue marche que nous avons faite, la petite et moi, tous les deux, entre Saint-Maurice et la Porte Dorée ?

Beauchamp est assis en face de nous, pour un bref moment, à l'une des tables de cette terrasse du bois de Vincennes. La petite a calé, entre les pieds de sa chaise, le ballon blanc qu'elle ne quitte jamais. Beauchamp lui demande ce qu'elle veut boire. Et la petite me regarde et me lance un sourire complice, avant de dire :

— Une grenadine.

Je ne peux m'empêcher de m'attarder un instant sur Beauchamp. Il fume une cigarette. Il me demande à mon tour ce que je veux boire. Le garçon se présente et il lui dit :

— Une grenadine pour mademoiselle. Un jus d'orange pour monsieur. Et une fine pour moi.

Il jette un regard pensif autour de lui. Il y a du

soleil mais peu de clients aux tables de la terrasse.
Il observe le bâtiment du restaurant.

— Au fond, me dit-il, c'est une sorte de réplique
du Pré Catelan... Vous ne trouvez pas ?

Pourquoi ai-je retenu cette phrase anodine plutôt qu'une autre ? J'entends encore la voix de
Beauchamp et je consulte le plan déplié sur ma
table de bridge. Il avait raison. Toute cette zone de
l'est de Paris n'est qu'une réplique, en plus trouble
et en plus triste, de l'ouest. Bois de Boulogne. Bois
de Vincennes. Champs de courses, de part et
d'autre, mais à l'est pour les trotteurs. Et ce Chalet
de la Porte Jaune où nous étions, Pré Catelan pour
mandataires des halles à la retraite, noces et
romances toutes simples...

— La grenadine pour mademoiselle...

De l'index Beauchamp désignait la petite au
serveur qui apportait nos consommations.

Et il disparaît pour toujours. J'aurais envie de
m'attarder encore sur lui. Il avait gardé du
charme, malgré sa déchéance qu'une image évoque
pour moi : sa silhouette immobile, sous la pluie,
rue Blanche. Il avait connu une période plus
brillante d'après le peu que je savais de lui. Il me
fait penser à mon père et aux amis de mon père :
mêmes gestes, même voix, mêmes cheveux noir
aile-de-corbeau plaqués en arrière, même désinvolture, mêmes expédients, même vie incertaine...
C'est mon père que je vois de loin, une dernière
fois, devant sa fine à l'eau, tout seul, à la terrasse
du Chalet de la Porte Jaune.

Nous avons marché, la petite et moi, depuis les studios de Saint-Maurice. Nous suivions l'avenue qui longe l'hippodrome. Ensuite, des maisons cossues, presque des hôtels particuliers se succèdent à la lisière de Saint-Maurice, de Charenton-le-Pont et du bois de Vincennes. La banlieue, déjà... Mais le soleil de cet après-midi de juin enveloppait d'un charme l'avenue et les maisons, le charme louche de Beauchamp, de mon père et de ses amis. Je me souviens même d'avoir demandé à la petite :

— A ton avis, quel genre de personnes habitent dans ces maisons ?

Moi, je pensais à des forains enrichis, aux gros marchands de vin qui possédaient encore des entrepôts à Bercy, à des entraîneurs de chevaux de trot, à cause de la proximité de l'hippodrome...

— Dans ces maisons ?

Elle me fixait du regard déconcerté d'une enfant à qui on vient de poser une question de grande personne.

— Aucune importance, lui ai-je dit... On s'en fout des gens qui habitent dans ces maisons...

Je lui ai entouré le cou avec ma main au moment de traverser une rue, et de nouveau elle faisait rebondir son ballon blanc sur le trottoir.

Nous étions au bord du lac Daumesnil. Peut-être aurais-je dû lui proposer une partie de canotage ou de golf miniature. Ou même une visite du zoo. Mais elle n'avait pas l'air de s'ennuyer. Elle s'asseyait sur un banc, à côté de moi, elle regardait autour d'elle les gens étendus sur les pelouses, ou qui ramaient sur les barques. Et elle faisait rebondir son ballon, en marchant de plus en plus vite, et jusqu'à ce qu'il lui échappât des mains.

Cet après-midi-là, je l'ai observée pour la première fois. Le bruit du ballon blanc contre le trottoir ajoutait encore à l'éclat du visage et des yeux. Et aussi les frondaisons du bois de Vincennes d'où ce visage, aujourd'hui, se détache plus nettement dans mon souvenir que sur le fond de velours bleu ou de cuir rouge.

Nous marchions. Je lui trouvais une ressemblance avec Rose-Marie. Mais souvent, les enfants sont de meilleure qualité car, chez eux, une mystérieuse alchimie a transformé ou annulé les défauts de leurs parents. Ce qui était resté à l'état d'ébauche chez Rose-Marie atteignait son point de perfection chez cette petite. D'abord son visage me semblait plus fin et plus lumineux que celui de sa mère. Et puis, les sautes d'humeur de Rose-Marie, son angoisse bovine qui tournait à vide, son déséquilibre, tout cela devenait harmonie, grâce et délicatesse, chez sa fille.

— Et toi, qu'est-ce que tu comptes faire dans la vie ?

Mais elle n'a pas entendu ma question.

Tout à l'heure, à Saint-Maurice, Rose-Marie m'avait dit :

— Il faut que tu accompagnes la petite chez mon frère. Elle doit partir en vacances avec lui.

Et quand je lui avais demandé l'adresse de ce frère dont j'ignorais l'existence jusqu'alors, elle m'avait répondu :

— Porte Dorée. La petite connaît le chemin.

Après le musée des Colonies et les grandes fontaines, nous avons traversé le carrefour de la Porte Dorée. En effet, la petite connaissait le chemin. Elle m'a guidé elle-même vers un groupe d'immeubles qui s'élèvent du côté gauche du carrefour et qui bordent le bois.

Au cours de notre marche, elle m'avait parlé de son oncle, l'appelant tantôt Yvon, tantôt Jean-Jacques, et je lui avais demandé lequel des deux prénoms était le sien.

— Les deux. Il s'appelle Yvon-Jean-Jacques.

J'ai voulu savoir où elle passerait les vacances avec cet oncle — ou ce père ? Il y avait de telles zones d'ombre dans la vie de Rose-Marie... Eh bien, Yvon-Jean-Jacques l'emmènerait sur une plage aux environs de Paris. Elle y était allée déjà plusieurs fois avec lui. Et d'après la description qu'elle m'a faite du lieu, j'ai pu le retrouver sur la carte : une plage fluviale au bord de l'Oise et à la lisière de la forêt, des pistes cavalières, des villas et des pontons quelque part entre Boran et Lamorlaye...

Les fenêtres de l'immeuble de son oncle donnaient sur le bois de Vincennes et sur la place de la Porte Dorée. Au rez-de-chaussée, un café : La Potinière du Lac. Je n'oublierai jamais le nom de ce café.

Nous avons franchi le porche et au pied de l'escalier de l'immeuble, j'ai dit à la petite :

— Tu peux monter... Je te rejoins... Je vais chercher des cigarettes...

— Mais tu ne fumes pas...

Elle tenait son ballon entre son bras et sa hanche. Elle fronçait les sourcils. Peut-être a-t-elle senti, à cet instant-là, que j'allais disparaître de sa vie.

— Si... Si... maintenant je fume, ai-je bredouillé.

— Alors, tu viens tout à l'heure chez mon oncle... Au troisième étage droite...

— Au troisième étage droite.

Elle a souri.

Je suis resté un moment au fond de la cage de l'escalier. J'entendais le claquement régulier du ballon contre les marches à mesure qu'elle montait. Puis une sonnette lointaine. Une porte qu'on ouvre et qu'on referme.

Je suis entré comme un somnambule dans le café au bas de l'immeuble, qui s'appelle La Potinière du Lac, et j'ai demandé machinalement un paquet de gauloises bleues. Mais on ne vendait pas de cigarettes.

Il était sept heures et demie du soir. De ma fenêtre, j'ai fait signe au chauffeur, assis sur le banc en face de l'immeuble, que j'allais sortir.

— Vous avez récupéré ? m'a-t-il dit quand je l'ai rejoint sur son banc.

— Récupéré quoi ?

— Vous deviez être très fatigué de votre nuit à la belle étoile...

Il me présentait un paquet de cigarettes et je ne savais pas si je fumais ou si je ne fumais plus. J'en ai pris une, à tout hasard, et il l'a allumée avec son briquet. Mais à la première bouffée, je me suis mis à tousser.

— Vous restez chez vous ce soir ?

— Non.

Il attendait que je lui donne, de moi-même, des détails sur mon emploi du temps.

— Je vais descendre dans le quartier du Fort, lui ai-je dit.

— Vous voulez assister au bal et au feu d'artifice ?

Il a remarqué ma surprise.

— C'est la Saint-Javier aujourd'hui.

La Saint-Javier : ainsi appelait-on la fête de la ville, mais d'après ce que j'avais compris, cela n'avait aucun rapport avec le saint de ce nom. Je

crois que l'on honorait plutôt cette nuit-là Javier
Cruz-Valer dont on fleurissait la statue. Et pourtant, j'avais lu qu'on fêtait ici « Saint-Javier » bien
avant la naissance de Cruz-Valer... Personne
n'avait pu m'expliquer la véritable origine de cette
fête. Pas même Carlos Sirvent.

— Alors, vous fêtez la Saint-Javier?
— Pas exactement, lui ai-je dit.

Il a voulu m'accompagner car il était de son
devoir — m'a-t-il dit — de respecter à la lettre les
dernières volontés de l'Américaine. Et moi je
préférais cela, plutôt que d'être seul.

Nous avons pris le tramway tous les deux et nous
sommes descendus à l'arrêt du Fort. Les pieds de
la statue de Javier Cruz-Valer étaient recouverts
de brassées de lauriers-roses et de bougainvilliers.
Je me suis demandé si l'on avait aussi déposé des
fleurs, là-haut, en face de Radio-Mundial, sur le
socle vide.

Il y avait déjà beaucoup de monde sur la place
Lusignan que nous traversions le chauffeur et moi.
Des inconnus nous arrêtaient, la main tendue et il
fallait — selon la coutume — que nous serrions
leur main en disant : « Bonne fête de Saint-
Javier » en espagnol, en français ou en anglais —
cela n'avait pas d'importance. Mais au-delà de la
place Lusignan, les ruelles étaient vides et calmes.

Sur la petite place, devant l'hôtel Alvear, j'entendais le murmure de la fontaine.

— Vous en avez pour longtemps ? m'a demandé le chauffeur.

— Je ne sais pas.

— Je vous attends dehors.

J'ai franchi la porte de l'hôtel. L'homme à la chemise de satin vert se tenait derrière le bureau de la réception, sous le ventilateur dont les grandes pales tournaient lentement.

— Je cherche l'une de vos clientes... Une fille avec un sac de paille...

Il m'a regardé droit dans les yeux.

— Vous voulez parler de votre nièce, monsieur ?

— Oui. De ma nièce, ai-je bredouillé.

— Elle me doit encore de l'argent. Elle n'a pas payé sa chambre depuis dix jours.

J'ai sorti de la poche de ma veste deux billets de cent dollars.

— Cela vous suffit-il ?

— Très amplement, monsieur.

— Elle est là, ce soir ?

— Non, monsieur.

— Vous ne savez pas quand elle reviendra ?

— Non. Elle va... Elle vient... Elle va...

— Et vous pensez qu'elle restera longtemps absente ?

— Sait-on jamais, monsieur, avec une nièce comme la vôtre...

Il avait croisé les bras sur le bureau et me considérait d'un œil doux et pensif.

— Le mieux avec une nièce comme la vôtre, c'est d'attendre... Il n'y a rien d'autre à faire que d'attendre...

On aurait dit qu'il parlait d'expérience. A cause de son métier, peut-être, il n'avait cessé d'attendre toute sa vie, derrière le bureau d'une réception, sous un grand ventilateur.

— Vous n'allez pas attendre ici... C'est inconfortable... Le mieux, c'est que vous attendiez dans la chambre de votre nièce...

Il se tourna vers les casiers de bois, et d'un mouvement preste il me tendit la clé, sans me laisser le temps de rien dire.

— Troisième étage... première porte à droite...

Il m'entraînait vers l'escalier. Il s'est arrêté au pied de celui-ci. J'ai gravi les premières marches.

— Et bonne fête de Saint-Javier, monsieur.

La chambre était semblable à celle du Moncey Hôtel. Même lit aux barreaux de cuivre, même table de chevet de bois clair. Une valise, au pied du lit, ne contenait qu'une paire de chaussures noires à talons et à boucles, un soutien-gorge et le chandail aux rayures bleues et blanches qu'elle portait quand je l'avais vue, à Radio-Mundial, avec Mercadié.

J'ai ouvert la fenêtre. Il faisait encore jour. Le chauffeur, assis sur le rebord de la fontaine, au milieu de la place, fumait. Et il attendait, comme moi. Aucun bruit, sauf le murmure de l'eau qui coulait de la bouche des tritons. Peut-être allait-elle apparaître, son grand sac de paille en bandoulière et traverser la place jusqu'à l'entrée de l'hôtel. C'était la même lumière de fin de jour, en été, lorsque je surveillais, de la fenêtre de chez sa mère, la petite qui faisait rebondir son ballon sur le trottoir de l'avenue Junot.

Tout se confondait par un phénomène de surimpression — oui, tout se confondait et devenait d'une si pure et si implacable transparence... La transparence du temps, aurait dit Carlos Sirvent.

Il n'était pas là pour se moquer gentiment de moi et me réclamer un nouvel épisode des *Aventures de Louis XVII*. Et de nouveau, j'éprouvais ce sentiment familier de vide qui me prenait à l'heure de la sieste, sous le soleil, au pied de la statue de Javier Cruz-Valer.

La place était aussi déserte que les rues et les places de la ville au début de l'après-midi. La nuit tombait. J'ai vu s'élancer la première gerbe du feu d'artifice. D'autres gerbes ont suivi, qui s'étalaient de plus en plus haut dans le ciel. Scintillantes. Et silencieuses.

DU MÊME AUTEUR

COLLECTION FOLIO

Dernières parutions

Impression Bussière à Saint-Amand (Cher),
le 25 juin 1992.
Dépôt légal : juin 1992.
1ᵉʳ dépôt légal dans la collection : mars 1991.
Numéro d'imprimeur : 1883.
ISBN 2-07-038364-4./Imprimé en France.

le feuilleton : Les aventures de
bar ÷ Rosal   Louis XVII
Radio Mundial
le chauffeur
Carlos Sirvent
un homme qui fait sa
gymnastique quotidienne p17
et ses oeuvres dédicacés à
a Pedrito 'matador de toros'
(les rues opaque de l'intérieur.)
Cisneros Airways → Mercadis a
Radio Mundial

Alone
Language.
Travelling with others 6pm
realize them alone
bored with repetition of lorry p35

56975

His reasons for being there p36